sabazon

登場人物紹介
ミュウ
優秀な水魔法の使い手にして元貴族家の令嬢。ララベルの付き人となって、共にオアシスへと追放される。
ララベル
剣技に長けたバート王国の元王女。バート王国の現国王である兄に嫌われ、オアシスへと追放される。
加藤太郎
（カトウ　タロウ）
どこにでもいそうな、アラフォー独身サラリーマン。『変革者』として異世界『グレートデザート』のバート王国に強制的に召喚される。

サンダー少佐
優しくも厳格な歴戦の兵士。極めて有能にもかかわらず、平民の出ということで冷遇されている。
バート王国国王
急死した優秀な兄のかわりに王位を継承した。評価が低いせいか、貴族たちからの支持はいまいち。ララベルの腹違いの兄。
シュタイン男爵
人がいいせいで出世できない不遇の忠臣。バート王国に来たての太郎の面倒をみる。

「ミュウ！
そのチョコレート味のやつは
わたしのものだぞ！
一人で三個食べるのは反則だ！」

砂漠だらけの世界で、おっさんが電子マネーで無双する

①

著　Y.A

目次

「これは驚いた！　こんなに巨大な生物が現実に存在するなんて……」

私たちの眼前で、砂漠を這《は》うように進む超巨大なミミズ『サンドウォーム』。

このグレートデザートではありきたりな砂獣《さじゅう》であったが、この個体は著しく異質で、通常の百倍、いやそれ以上の大きさだった。

通常のサイズですら映画か漫画にしか出てこないレベルだというのに、これは長さ一キロをゆうに超えている。

「ここまで巨大な砂獣は滅多にいないがな」

「でも『滅多に』なんだ……。こいつだけ、ではないと」

「グレートデザートは広いのでな」

と、私の質問に答える若い女性は、故あって私と行動を共にするようになった元バート王国の王女ララベルであった。

凄腕《すごうで》のハンターにして、『バート王国の守護神』とまで称されていたが、色々とあって今はバート王国から離脱している。

「他の国や地域にも、討伐が難しい『名付き』及びそのクラスの砂獣が結構いますからね」

「この世界も大変だな」

「嘆いても、その砂獣が死んでくれるわけではないですし、そんな化け物がいる場所に普通の人たちは近寄らないですからね。なんとか暮らすしかないんですよ」

もう一人の同行者は、元ララベルの従者にして、優秀な水魔法の使い手でもあるミュウという少女であった。

彼女もバート王国の貴族の娘であったが、今はやはり故あってバート王国を離脱し、私と行動を共にしている。

「タロウさん、これを倒す方法が本当にあるんですか？　自分ではまず思いつきませんよ」

「策はあるし、勝算は高い。駄目なら逃げればいいんだし、試してみることは大切だよ」

「それもそうですよね。駄目元《だめもと》って言葉もありますから」

「この世界にあるんだ、駄目元って」

「昔の『変革者』がそう言い残したそうですよ」

「納得いった」

「タロウ殿？」

「じゃあ、作戦を開始しようか」

すでにオアシスの町を一つ飲み込んでしまった化け物に対し、私たちは戦いを挑むことになった。

元はただのしがないサラリーマンだったのに……。

生まれつき運動は苦手で、もう四十超えで体も疲れやすいというのに……この世界に来てからはそうでもないか……。

どうしてそんなことになってしまったのか？

それを、これから話していこうと思う。

プロローグ　いきなり失礼な話だ

「この男があの『変革者』なのか？　冴《さ》えない奴だな。大分年を取っているようにも見えるが……本当にこいつなのか？」

「陛下、間違いはございません。彼が今回の『変革者』です」

「そうか……。五十年ぶりに召喚した『変革者』だというのにな……。今回はハズレだな」

「……（随分と失礼な若者だな……これも若さゆえなのかな？）」


今は会社の繁忙期。

普段はほとんど残業がない会社なんだが、この時期だけは午前様も珍しくない。

長かった残業を終えて自宅に戻り、夕食にコンビニ弁当を食べ、私は明日に備えて急ぎ寝たはず。

それが目を覚ますと、王様のようなコスプレをした若者に『冴えない奴』だとバカにされてしまった。

大きなお世話だと声を大にして言いたいところだが、どうもここはコスプレを趣味とする人たちが集うイベント会場というわけではないようだ。

アニメや漫画で見たことがある、お城の謁見《えっけん》の間のような場所であり、王様らしき人の周囲では多くの騎士や兵士たち、豪華な服装の貴族、ローブ姿の魔法使いなどが私を興味深そうに見ていた。

多くの人たちの注目を浴びたことなどあまりないので、背中がモゾモゾするな。

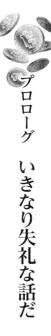

「あの……これはどういう？」

「陛下に代わり、私が説明しよう」

王様らしき人物の取り巻きの中から、四十代前半ほどに見える男性貴族が、私に状況を説明してくれることになった。

いかにも貴族っぽい服装なので、彼は貴族で間違いないと思う。

「この世界は非常に砂漠が多い土地で、『グレートデザート』と呼ばれている」

全領域の八割が砂漠に覆われていて、ちょうど世界の真ん中の一割ほどの領域にのみ小さな海が存在し、残り一割のみが草原や森林地帯、オアシスなどで砂漠の中に点在する、どうにか人間が住める領域なのだそうだ。

夢の続きにしては随分とぶっ飛んだ話であったが、ここで『冗談がお上手で』と言ってしまうと、話が進まず状況が掴《つか》めなくなってしまう。

静かに情報を集めることにしよう。

私もただ、状況の変化に動揺したり、激高したりする若造という年齢でもなかったからだ。

「しかも砂漠には、砂漠の厳しい環境に適応した『砂獣《さじゅう》』と呼ばれる化け物が多数生息しており、普通の人間では歯が立たない。ゆえにこの世界の人間は、わずか一割の可住領域にひしめいて生きている」

なるほど。

八割もある砂漠に生活領域を広げようにも、砂獣なる怪物たちに邪魔をされるわけか。

海上に住むのも難しいだろうし、仕方なしに残り一割の領域に住むしかないため、この世界はなかなか発展できない。

私は、王様らしき人物——もう王様でいいだろう——から『変革者』と呼ばれていた。

つまり私がこの世界に呼び出されたのは、『変革者』としてこの世界の発展に寄与させようという魂胆なわけだ。

寝ている間に別の世界に呼び出すなんて、随分と性格が悪い王様だな。

両親はすでに亡く、妻子もいない私だからまだよかったものの、これが一家の大黒柱だったとしたら、残された家族が神隠しだと大騒ぎしていたはずだ。

しかも、アラフォーでどこにでもいそうなサラリーマンでしかない私を見た王様は、あからさまに『今回はハズレ』だという表情をしていた。

せめて表面上くらいは私に対し、『突然呼び出してすまない。これもこの世界のためだと、為政者として心を鬼にしたのだ。そなたにこの世界では不自由させない。その功績には必ず報いるから』くらい言えばいいのに。

若いからか？

……残念ながら、この王様にはあまり期待できないかな。

「水も足りなさそうですね」

「そうなのだよ！」

海が一割って……残り一割の可住領域を合わせても水不足だと容易に想像がついた。

水がなければどんな生物も生きていけないので、今のままだと人間の生息領域を広げるのは難しそうだ。

「それを解決するための『変革者』でしょうか？」

「そうなのだ。ある時、この世界の神は仰《おっしゃ》ったのだ。『グレートデザートで生きる哀れな者たちよ。その困難を克服するため、私はそなたらに『変革者』を与えよう』と」

つまり、突然呼び出された私に、この世界を変える力があるというのか？

しかし、私はただのしがないサラリーマンでしかない。

そんな私に、この砂漠だらけの世界を改善する力があるとは思えないのだが……。

「『変革者』には、なにかしらこの世界の人間が持たない特別な力があると聞く。貴殿には……そなたの名は？」

「加藤太郎《かとうたろう》です」

今の世に太郎って、自分でも平凡な名前……いや、アラフォーでも太郎は逆に珍しいのか。

亡くなった両親は、長男だから太郎ってつけたらしいけど……。

ちなみに一人っ子なので、弟がいてその名が二郎《じろう》とかいう事実はなかった。

「変わった名だな……大昔の『変革者』で似たような名の者がいたような……姓があるので貴族なのか？」

「ええ、零細貴族ですけどね」

勿論《もちろん》、貴族なんて大嘘《うそ》だが。

どうもこの世界は色々と厳しそうなので、せっかく苗字《みょうじ》があるのだから貴族ですって名乗っておいた方が得であろう。

どうせ彼には、日本まで行って私の身分を確認できる術《すべ》などないのだから。

「世界は違えど貴族なのか……。ならば、冴えなくても捨てるわけにはいかないか」

ここで突然、王様がとんでもないことを口にした。

どうやらこの王様、私が冴えない風貌なので『変革者』としては出来損ない、捨ててしまえと思っていたらしい。

咄嗟《とっさ》の判断だが、貴族を名乗っておいてよかった。

そういえば、亡くなった両親が言っていたが、私は一応武士の家系なのだそうだ。

賤ケ岳《しずがたけ》の七本槍《やり》に二人入っている『加藤さん』の子孫とかではなく、どこかの大名家の藩士の子孫程度らしいけど。

「五十年に一度の召喚にしくじるとはな……やはり、グレートデザートの開発には長い年月がかかるのか……下がるがよい」

いきなり別の世界に呼び出され、さらに呼び出した王様から突然の戦力外通告を受けてしまった私。

どうにか、なにも知らない世界でいきなり捨てられずには済んだが、はてさてこれからどうなることやら……。

第一話　紫色は高貴な色

「タロウ殿、陛下が色々とすまないな」

「このくらいのことは……王に仕える身ともなれば、色々とありますから」

「そうか……タロウ殿もか……」

「(王様はいなくても、サラリーマンともなれば、理不尽な上司とは無縁でいられないからね)」

突如、砂漠だらけの世界に『変革者』として呼び出されてしまった私、加藤太郎《かとうたろう》（四十一歳、独身、会社での役職は係長）であったが、どうも王様のお眼鏡に適《かな》わなかったようだ。

最低限支援はしてやるが、あとはもう用事もないので下がれと言われてしまった。

もう私の顔も見たくないらしい。

私が若くイケメンならよかったのであろうが、こちらも理不尽に呼び出されてしまった身なので、わざわざ向こうの要望に応えてやる義理はないはずだ。

先ほど事情を説明してくれた男性貴族も一緒に王様の前から辞したのだが、そのままなりゆきで彼が私の面倒を見てくれることになったようだ。

二人きりになると同時に、彼は私に謝罪をしてきた。

彼も貴族なので、もし私が貴族を名乗っていなければ、こうして素直に謝ってくれたかどうかわからない。

やはり、ハッタリでも貴族を名乗っておいてよかった。

あと、苗字《みょうじ》があってよかったと、人生で今一番それが実感できた瞬間だった。

「タロウ殿、自己紹介を……そなたは貴族だったな。だから、そのようにいい服を着ているのだな」

「ええまあ……」

私は寝ている間に召喚されてしまったので、今の服装は寝間着代わりのスウェットの上下姿であった。

とても高貴な服装には見えないのだが、スウェットの色が紫色だったのがよかったらしい。

古い日本でもそうだったらしいが、この世界では紫は高貴な色なのだそうだ。

そんな紫色の服を寝間着として着用している私は、確かに貴族なのだと勘違いされたようであった。

王様からすれば、他所《よそ》の世界の貴族とはいえ『紫色の服を許可もなく着やがって！』という怒りが、私に対しあったわけだ。

しかも私は、冴《さ》えないおっさんだからな。

「できれば、その服装で王城の外を歩かないでほしいのだ」

「いきなり召喚されたので、これ以外に服を持っていないのです」

「当然、新しい服は支給しよう。他にも話があるので、こちらに来てくれ」

私は、男性貴族の案内で城内にある一室へと移動した。

「では、改めて。私は、リーブル・シュタイン。爵位は男爵で、このバート王国において財務官僚領地は持たず、官僚職を世襲している法衣貴族という感じかな？

いかにも中間管理職っぽい見た目で、会社で係長として上下の板挟みに遭っている私は、彼にシンパシーを感じていた。

ちょっと同類の匂いがしたのだ。

年も近いようだし。

「シュタイン男爵様……」

「別に様はいらない。なにしろ貴殿は貴族だからな。そういえば、爵位は？」

「男爵です。領地はないですけど」

ハッタリなので最下級の騎士爵ということにしようとしたが、私は紫色のスウェットを着ている。

騎士爵では不自然なので、ここはシュタイン男爵と同じく男爵ということにしておいた。

彼が私の世話役なので、そうした方が話も早く進むはずだ。

「同じ男爵なら、余計に様はいらないな」

「では、シュタイン男爵。これから私はどうなるのです？」

「一ヵ月ほど、基礎調練を受けてレベルを上げてくれ」

「レベルですか？」

「タロウ殿の世界では、レベルは上がらないのか？」

「レベルとか、そういうものはないですね」

「そうなのか……それでは色々と大変だな」

「ええ……（別に、そんなことはないけど……）」

なんか、子供の頃に遊んだＲＰＧみたいな話だな。

レベルが上がるなんて。

「『変革者』はこの世界の者が持ち得ぬ才能、特技、技能などを持つが、そのままでは普通の人と変わらないのでな」

そこで、一ヵ月ほどかけて基礎鍛錬を行い、レベルを上げてこの世界のためになるであろう特技などを引き出すのだそうだ。

同時に強くなり、死ににくくなる。

この世界の大半を占める砂漠には砂獣《さじゅう》という怪物たちがいると聞いたので、人が死にやすい世界なのは容易に想像できた。

「本当は何年もかけてそれをやるのだ。『変革者』は五十年に一度しか召喚できないので貴重な存在。死んでしまうと困るからだ。だが、陛下は貴殿を好いていない」

「それは、あの態度を見ればわかりますけど」

その理由が、私が冴えないおっさんだったからというのが、この国の将来に期待できない最大の要因だな。

そんなことで、人の好き嫌い決めてしまう王様なのだから。

「陛下は完璧主義者なのだ。継承で苦労をして歪《ゆが》んでしまった」

シュタイン男爵の話によると、あの王様は本来王位を継ぐ身ではなかった。

兄王の急死で突然王位が回ってきたがために、いまいち貴族たちからの支持が薄いのだそうだ。

「急死された兄王子様は、非常に優秀な方だったのでな。いまだに兄王子様の才能を惜しむ声が大きい。それを知っている陛下は、自分が優れた王として名を残すため、周りにそなたのような男を置くのを嫌がるのだ」

これから優れた功績を残すため奮闘する自分に、冴えないおっさんの『変革者』は不要という考えか。

理解できなくもないが、まずは私という人間をちゃんと評価してから判断すべきじゃないかな。

一国の王が、見た目だけがいい者や、耳あたりのいい意見ばかり言う人ばかり傍《そば》に置くようになったら、その国の将来は怪しくなる。

彼がそうなってしまったのは、本来回ってこなかったはずの王位を継いだゆえの悲劇なのかもしれない。

「(これは、早めに距離を置いた方がいいな……)シュタイン男爵のおかげで、私はいきなり放り出されずに済みました。感謝しますよ」

「タロウ殿にも、向こうの世界での生活があっただろう。それを理不尽にもこちらの勝手な都合で呼び出してしまったのだ。いきなり放り出すのは、人としてどうかと思うのだ」

シュタイン男爵は、とてもいい人であった。

だが、あの王様の下だと出世できないだろうな。

能力があれば出世できると信じて育った者は、実際大人になって組織なり会社なりで働いてみると、必ずしもそうとはならない現実にぶつかったりする。

「それで、これから私は？」

「私は文官なので、タロウ殿を鍛えるのは無理だ。我がバート王国には『変革者育成プログラム』というマニュアルが伝わっており、王国軍の士官がそれを習得している。彼らと共に、王都の外にある砂漠で鍛錬を行うことになるはずだ」

この年で怪物と戦うのか。

人間は環境の生物だというし、なにかしら才能があるからこの世界に召喚されたのだと思って、とにかくやるしかないな。

規模の大きい狩猟だと思えばいいのだ。

「では、兵舎に案内しよう。担当の士官は……確か、サンダー少佐だったかな。彼は人格者で面倒見もいいので安心していいと思う」

シュタイン男爵の案内で、私は王城の隣にある兵舎へと向かう。

ここで軍人から戦闘訓練を受け、『変革者』としての才能を引き出し、この世界で生き残る能力を獲得するというわけだ。

＊＊＊

シュタイン男爵の案内で兵舎に到着すると、話に聞いていたサンダー少佐が顔を出した。

「タロウ殿、サンダー少佐だ」

「ほほう、貴殿が今回の『変革者』なのか。陛下がご機嫌斜めだと噂《うわさ》になっている」

「こんな平凡なおじさんだからでしょうね」

「見た目と才能に関連性はないんだがな……どうもあの陛下は、表面的にしかものを見れないので困ってしまう」

彼は赤銅色に焼けた肌に鍛えられた肉体で、左頬《ほお》に大きな切り傷の跡があり、いかにも歴戦の勇者といった風貌であった。

年齢はシュタイン男爵と同様で、私とそんなに違わないと思う。

これでアラフォーが三人。

「サンダー少佐、その発言は危険だぞ」

「シュタイン男爵も陰で色々と言っているだろうが。人のことが言えるかよ」

「他の大物貴族ほどではないぞ」

「陛下への評価については同意するが、連中も人のことはあまり言えないからな」

「言い返せないのが辛《つら》いな。まあ、私は大物ではないけどね」

一見強面《こわもて》だが、シュタイン男爵との会話を聞く限り、気さくな人物であるようだ。

「退役前の最後のご奉公だな。『変革者』の訓練なんてそうできることではない。なにしろ五十年に一度しか来ないからな」

「なに、やはり退役するのか。サンダー少佐を退役させるなんて、相変わらず軍上層部はバカ揃《ぞろ》いだな」

「『平民元帥』の限界だろうな。どこぞの大貴族のバカ息子をコネで軍に入れて、いきなり少佐にしないといけないんだと。それで、平民の俺が弾《はじ》かれたわけだ。別に今のバート王国はどこかの国と緊張状態というわけではないからな。カカシでも構わないんだろうよ」

「水が少ないのにですか？　海も狭いと聞きましたが、それでも争いは少ないと？」

「へえ、シュタイン男爵が面倒見るだけのことはあるのか。バカ貴族のボンボンの百倍知恵が回るじゃないか」

サンダー少佐に褒められてしまったが、私の場合、ただ無駄におじさんなだけだからな。

戦争がないので危機感がなく、だから大組織がそういうことをしてしまうことに対し、世界の違いは関係ないのだなと思っただけだ。

ある会社に、経営陣や大口取引先のコネでバカが入ってきて周囲が迷惑するなんて話、どこにでもあることで、それと同じなのだろう。

「この世界は砂漠だらけのうえに、砂漠には沢山の砂獣が生息している。唯一ある海は、バート王国も含めて四ヵ国で寡占状態にあり、位置の関係で他国は手を出せない。戦争どころではないのさ」

「そんな余裕があったら、砂獣でも狩りますか？」

「そういうことだ」

グレートデザートには多くの国があるが、海と接しているのはこのバート王国を含めて四ヵ国のみ。

他の国は、河川、オアシス、地下水などを利用して生活していると見るべきか。

これでは、国家同士の戦争は難しいかもしれないな。

水不足のため、敵領地に進撃できないなんてこともありそうだ。

「砂獣は、すぐに人間の領域に入ってこようとする。軍の仕事の大半は、そういう砂獣の相手さ」

「それなのに、サンダー少佐殿を退役させてしまうのですか？」

「おいおい、俺に『殿』なんてつけるなよ。俺は貴族のバカ殿じゃないからな。お前さんは『変革者』だから知らんと思うが、軍では貴族出身者には階級のあとに『殿』をつける。平民には『殿』をつけないのが決まりだ」

「そんな決まりがあるんですか？」

「他にも色々とな」

「平民元帥。つまり、平民出身者は少佐以上にはなれないのですか？」

「お前さん。よくわかっているじゃないか。俺はこれでも士官学校出身なんだけどな。それでも俺はまだマシだからな」

「大半の平民の士官学校卒業者は、大尉のまま現役を終えるのさ」

シュタイン男爵によると、現役期間に少佐に昇進できたサンダー少佐は、とんでもなく優秀だと評価された証拠なのだそうだ。

「普通は、最後にお情けで少佐にしてもらって退役なのさ。つまり、現役で少佐のサンダー少佐は非常に優秀ということになる。平民で少佐になった軍人に対し、兵士たちは『平民元帥』と呼んで敬意を払うわけだ」

貴族出身の軍人が元帥になるのと同じくらい、平民出身で少佐になるのは難しいというわけか。

というか、よくこんな制度で士官が不足しないな。

「貴族なら、どんなに無能でも大佐になれるからな」

そういう貴族優先の昇進制度を採用しているので、士官自体の数は不足しないようになっているのか。

無能な貴族の子供を軍に押し込んで、箔《はく》をつけるわけだ。

そしてそのせいで、平民出身のサンダー少佐は四十そこそこで軍を退役する羽目になると。

「別に俺はいいけどな。ハンターになればいいから」

「ハンターですか？」

「ハンターとは、砂獣を狩って生活する人たちのことだ」

シュタイン男爵が教えてくれた。

この世界で一番繁栄している種族というか生物は、間違いなく砂漠で暮らすことのできる砂獣であった。

しかも、常に人間のテリトリーに侵入しようとし、砂漠以外の土地を砂漠化しようとする。

これ以上人間の領域が狭められてしまえば人間は衰退してしまうので、各国の軍隊は戦争よりも砂獣狩りを主な仕事としていた。

ところが、他の国は知らないが、バート王国は軍指揮官の大半を貴族が占める。

「軍だけでは砂獣に対応できないので、民間のハンターも砂獣狩りをしているわけだ。収入でいえば、ハンターの方が儲《もう》かるからな」

サンダー少佐は、軍にあまり未練がないらしい。

彼ほど優秀な人なら、無理に軍に残るよりもハンターになった方が稼げるのか。

軍人としても優秀なのだから、ハンターたちを指揮して効率的に砂獣を狩ればもっと儲かるであろうし。

「こうして、また軍は弱くなるわけだ。貴族としては頭が痛いね」

とはいえ、それを無能な軍人貴族に言えば、大きな軋轢《あつれき》が発生してしまう。

シュタイン男爵は、嘆くしかできないのであろう。

「あっ、でも。貴族の子弟はレベルが高そうだから、前に出て砂獣と戦うのでは？」

「そんなわけあるか。ただ席を温めているだけの連中の方が多いんだ。兵士たちに『突撃！』と命じて後ろで見ているだけの仕事なのさ。日々の生活と命がかかっているハンターの方が、よほど優秀な指揮官になれるはずだ」

平民で優秀で強い人は、みんなハンターになってしまうのか。

そんなんで、バート王国は大丈夫なのかと思ってしまう。

他国との戦争がないから大丈夫なのか。

「名前を聞いていなかったな」

「加藤太郎です」

「貴族様なのか」

「とはいえ、この国ほど平民と貴族に差はないですよ。それに、別の世界の貴族ってことなので気にしないでください」

「お前、変わった貴族だな」

本当は、貴族じゃないんだけど……。

どうもサンダー少佐は貴族が好きではないようなので、それならあまり貴族であることを押し出さない方がいいと判断したのだ。

おじさん特有の汚い計算というわけだ。

「明日から訓練を始めるが、その前に服を支給する」

「この服はまずいんですよね？」

「紫の服は、本来は陛下の許可がないと着られないのでな」

それを冴えない私が着ていたのだから、王様がキレて当然というわけか。

早く着替えてしまうことにしよう……と思ったら、そこに一人の若い士官らしき人物が姿を見せた。

そして私の服を見るやいなや、激しい声で罵《ののし》ってきた。

「『変革者』だとしても、別の世界の貴族だとしても、その服は許容できないぞ！　紫色の服は、陛下が認めた者しか着られないのだからな！」

「ドルント中尉殿、これから着替えさせるつもりなんだがな」

「サンダー少佐は、対応が遅いのですよ」

サンダー少佐は上官なのに、部下である貴族出身と思われる士官には『殿』づけなのか。

逆に、貴族であるドルント中尉は上官であるサンダー少佐に随分な口を利くな。

しかもそれが咎《とが》められないというのだから、この世界の身分差には十分注意しないと。

「(家の中では、紫色の服を着ている人も多いですけどね。もっとも、紫色の服自体、入手が難しいのですけど)」

そっと小声で、シュタイン男爵が私に裏の事情を教えてくれた。

外で紫色の服を着るには王様の許可が必要だが、家の中で着る分には問題ないらしい。

だが、紫色の服の販売には大きな制限があるので、そう簡単に買えないそうだ。

布や服を売るお店も、王様の許可を得ていない人に紫色の服を売ると処罰されるし、そんなに数が出るわけでもないので在庫も置いていないそうだ。

そんな事情があり、家の中でこっそりと紫色の服を着たい場合、許可を得ている人から中古品を手に入れるしかないが、当然横流しをしてバレたらやはり王様に処罰されてしまうわけで、本当に信用できる貴族にしか売ってくれないらしい。

傍《はた》から見ていると非常にくだらない話だが、その世界にはその世界なりの事情というものがあるからな。

表立って批判したりバカにするのもどうかと思う。

「ではその服は、私が没収する！」

「おいおい、ドルント中尉殿……」

サンダー少佐は、部下のバカさ加減に呆《あき》れていた。

誰が見ても、まだこの世界に飛ばされてきたばかりで無知な私から、今着ている紫色の服を奪おうとしているとしか思えないからだ。

少なくとも、貴族のやり方ではない……特権を持つ者が腐ってしまうのはどの世界でも同じか。

「紫色の服は、陛下が許可を与えた者しか着られないのです！　これを没収するのは軍人としての正義です！」

そんな暇があったら、砂獣でも狩ればいいのに……。

彼は貴族だから、そんな危険なことはしないのか。

「しかしながら、これは私の唯一の財産なのですよ。寝ている時にいきなり召喚されたのでね」

それに、男性たちの前で服を脱ぐ趣味はないな。

「そんなことは私が考える問題ではない！　服を寄越せ！」

「ドルント子爵公子、確か貴殿も、陛下から紫色の服を着る許可を与えられていないと記憶しているが……」

続けて、シュタイン男爵が助け舟を出してくれた。

もし私から紫色の服を奪っても、お前が着られるわけでもないだろうにと。

「もしかして、屋敷でこっそりと着たいのかな？」

「そんなことはしない！」

当然嘘《うそ》である。

彼は、屋敷の中で着る紫色の衣装を私から奪えるチャンスだと考えたからこそ、私にイチャモンをつけてきたのだから。

「すぐに他の服に着替えさせるから問題あるまい」

「サンダー少佐、それでは遅いのです！」

「そうか？」

このドルント中尉という男。

あきらかに無能っぽいが、平民であるサンダー少佐よりも階級が低いことに不満なんだろうな。

どうせ貴族だからという理由だけですぐに階級も上になるはずなのに、こらえ性もない。

王国軍には、こんなバカしかいないのだろうか？

このままだと押し問答ばかりで面倒だな。

この服は、どうせ近所の倒産品を扱う服屋で税抜き九百八十円で購入したものだ。

そんなに惜しいものでもないので、あとは条件闘争だな。

「ドルント中尉殿」

「なんだ？　『変革者』」

「つまり、ドルント中尉殿はこの服を陛下のため処分するわけですか」

「そうだ。余所者《よそもの》のくせに物わかりがいいではないか」

「なるほど。さすがはこの国を支える貴族だ。実に仕事が早い」

「まあな。貴殿も別の世界の貴族と聞くが、私くらい国家に貢献してこその貴族だからな」

ちょっと煽《おだ》てたら、もうご機嫌か。

この国の貴族が全員、こんな世間知らずのバカばかりでないことを祈りたい気分だ。

「しかしながら、私は着の身着のままでこの世界に召喚された身。このまま服だけ奪われるのは困ります。ドルント中尉殿は高貴な生まれ、同じ貴族の私がこの世界でひもじい生活をすることを哀れと思ってくださいますよね？」

「ううむ……確かにそうだな……この服を処分する栄誉が無料というのは……」

やはりな。

ドルント中尉は無能だが、生まれのよさもあって甘い部分もあるようだ。

王様のため、無許可の紫色の服を没収、処分する栄誉を無料で得るのはどうかと考えてくれた。

実際には、自分で屋敷の中で着るためなのだが、それもあって徐々に罪悪感が湧いてきたのであろう。

よくも悪くも、ドルント中尉はお坊ちゃまなのだ。

「では、こうしよう。貴殿が訓練終了後、無事に暮らせるよう、私が500万ドルクを支払うことにする」

この世界のお金の単位は、ドルクというらしい。

500万ドルクとやらがどの程度の価値なのかは知らないが、かなりの大金なのは確かなようだ。

サンダー少佐も、シュタイン男爵も驚きの声をあげていた。

「(どうしてそこまでの大金を？　そうか！)」

なるほど。

最初に王様に謁見《えっけん》した時、私は彼から服を奪われなかった。

王様はプライドが高そうなので、そんな問題は家臣たちで処理しておけくらいの感覚なのであろうか？

それとも、紫の服の決まりが形骸化していたから？

いや、それならドルント中尉が私から奪いに来ないはず。

外では駄目だが、貴族が屋敷の中で紫色の服を着ることは黙認状態なのかもしれない。

どうせ貴族たちに奪われると思っていたから、私は放置されたのかもしれないな。

そうなると、他の貴族たちもこれからやってくるかもしれない。

いきなり500万ドルクを出すと決めたのは、後発の貴族たちと私を交渉させたくないからだ。

「(ここはちょっと粘るのがいいかな？)　シュタイン男爵」

「なにかな？」

「この世界のお金と、私がいた国のお金は全然違うので、５００万ドルクがどの程度の価値なのかわからないのです。妥当な金額なのでしょうか？」

「私はタロウ殿の故郷のお金について知らないので、なんとも言えませんな。詳しく説明していただかないと断言できません」

「そうですか。では……」

私は、地球のお金について説明を始めた。

勿論《もちろん》これは時間稼ぎなので、とにかくダラダラと時間をかけて説明していく。

すると、次第にドルント中尉が焦ってきているのがモロわかりであった。

他の貴族たちが割り込み、競争になるのが嫌なのであろう。

「普通の兵士の年収が２００万ドルクってところですか。貴族の年金は、最下級の騎士で一年に２０００万ドルクです。役職手当などは別ですけどね。ちなみに、男爵の年金は一年に1億ドルクですな。そういえば、タロウ殿は男爵だそうで」

「ええ」

金額的に見て、1ドルクが一円くらいの感覚でいいのかな？

男爵の年金が一年に一億円で、他に役職手当がつくとなるとリッチ……屋敷を維持する経費もあるので断言はできないが、紫色の服を取り合う余裕はあると見ていいのか。

ドルント中尉は子爵家の跡取り息子らしいけど。

「なにしろ、私はなにも持たずにこの世界に召喚されてしまったので、色々と物入りなのですよ。

サンダー少佐、軍からは服などをどの程度支給してもらえるのですか？」

「下着、普段着、最低限の装備品や武器がせいぜいだな。昔の記録だと、『変革者』はレベルアップの影響が大きいので、訓練後はハンター業で稼ぐ者が大半だそうだ」

「なるほど」

今度は、サンダー少佐と時間潰《つぶ》しのための会話を始めた。

もし今この瞬間にも他の貴族たちが来るかもしれないと、ドルント中尉は明らかに焦りの態度を見せていた。

「訓練で強くなればいいのですが、そうならなかった時に備えての資金が必要かな。私はこの世界の貴族ではないので、すべて自分で稼いでなんとかしなければいけない。大変だなぁ……」

「わかった！　２０００万ドルク出そう！　これならいいだろう？」

「わかりました。２０００万ドルクで手を打ちましょう」

「ようし！　２０００万ドルクで決まりだな！」

これ以上粘った結果、他の貴族が乱入すると面倒だ。

それに、ドルント中尉に恨まれでもしたら本末転倒であろう。

私は、紫色のスウェット上下をドルント中尉に渡し、無事に２０００万ドルクを手に入れることに成功したのであった。


「上手《うま》くやったものだ。ドルント中尉の欲をコントロールしてな」

「紫色の服を欲しがる貴族は多いですからね。私は興味ないですけど」

支給された服を身に着けて早々、いきなり着ている服を失ってしまったが、特に思い入れのある服でもないし、大金になったのでよしとしよう。

それよりも、早く訓練してレベルとやらを上げた方が生き残れるはず。

私は、一刻でも早くサンダー少佐の訓練を受けたいと心から思ったのであった。

第二話　レベリングと神貨《しんか》

「どうだ？　服と装備の感触は？」

「ちょっとゴワゴワしますね」

「あの紫色の服は、着心地がよさそうだったからな。兵士用の安物だが、無料支給なので我慢してくれ」


翌日から、サンダー少佐による訓練が始まった。

最初は支給された兵士用の装備を着けて、王都郊外にある砂漠へと移動するだけなのだが……とにかく砂漠なので恐ろしく暑いのだ。

私は歩くだけで体力が尽きそうになるのに、サンダー少佐と五名の兵士たちは何食わぬ顔で砂漠を歩いていた。

あまり、暑いとか辛《つら》いとか思っていないようだ。

「暑い……熱射病で倒れそう……」

「タロウはまだレベル1だからな」

グレートデザートは八割が砂漠で、海も一割しかない。

そのため、異常なまでに暑い。

まだ午前中なんだが、すでに気温は軽く四十度を超えているであろう。

それでいて、昨晩は恐ろしいほど寒かった。

海が少ないので、地球の砂漠よりも寒暖の差がとにかく激しいのだ。

「暑さで倒れる人はいないんですか？」

「一般人なら倒れる者も多いが、そもそも一般人が砂漠に行くことはないからな。町で働くのが普通だ。ご覧のとおりグレートデザートは暑いので、仕事中に倒れる奴も当然いる」

「兵士やハンターと、普通の人たちの差ってなんですか？」

「砂獣《さじゅう》を倒せるかどうか。これしかない。適性者は、十人～二十人に一人くらいがせいぜいだ」

「レベルアップもしてですよね？」

「当然。レベル1では、一番弱い砂獣『砂大トカゲ』にも勝てないぞ。レベルが上がったからといって砂獣を倒せない人がほとんどだから。一般人でも、レベルが上がれば暑さで倒れにくくなるけどな」

サンダー少佐たちを見てわかったのだが、レベルが上がると暑さへの耐性が大幅に上がるようだ。

そうでなければ、普通の人間が砂漠で一日戦っていたら倒れてしまうので当然か。

グレートデザートはとにかく暑いので、まずはレベルアップをして暑さへの耐性をつけなければいけないらしい。

「まずはレベリングをする」

「訓練をするにも、まずは砂漠を移動して倒れないようにするわけですか」

「そういうことだ」

「レベリングって、一般人もするんですか？」

「するよ。しないと、町中で普通に働くのも困難だ」

砂漠ではない町中でも十分に暑いため、低レベルだと普通に仕事をしていても熱射病で倒れてしまうからだそうだ。

つまりこのレベリングは、私だからやっているわけではないということか。

「砂獣を倒せない人たちは、働いて納税しないと、この国ではいらない奴扱いされるのさ」

可住領域が狭く、水に限りがある世界なので、役立たずと判断されると町中で倒れていても無視されるそうだ。

役に立たない奴は、無駄に水を使用するだけなので死ねということらしい。

「残酷ですね」

「俺も可哀想《かわいそう》だとは思うんだがな。だがそれが現実だ。でも、十歳になるとハンターや兵士たちがレベリングをしてレベル3～5にしてしまう。そうすればまず熱射病で倒れなくなるのさ。倒れなければ普通に働けるから、そう滅多なことで見捨てられる人はいないさ」

私は変革者でなにか特技や才能があるらしいが、まずはこの砂漠の暑さで倒れずに済むレベルまで上げるのが先というわけだ。

「お願いします。ところで、言うほど砂獣はいませんね」

「この辺は、王国が王都の領域を広げようと、集中的に砂獣を討伐しているからな。とはいえ、まだまだ」

「まだ土地は使えないと？」

「緑化しないとすぐに砂獣が入ってくるから、それが済んでからだ。俺が生きている間に、ここが王都の一部になることはないだろうな」

砂漠の緑地化には、膨大な手間と時間がかかるようだ。

そのエリアの砂獣を全滅させ、さらにそこを緑地化して、ようやく人が住めるようになる。

長い時間がかかるので、なかなか人間の可住領域が広がらない。

ちょっと油断すれば強い砂獣に人間が駆逐されてしまい、すぐにそこが砂漠化してしまう。

サンダー少佐の話を聞くと、この世界の大変さがよくわかった。

だから『変革者』が今なお召喚され続けているというわけだ。

「とはいえ、私はこの年になるまで荒事には無縁だったので」

「貴族だって話だが、文官だったのか？」

「はい」

貴族じゃないけど、営業事務なので、似たようなものということにしておこう。


「そろそろだな。見てみな」

「沢山いますね……」

まだ砂獣の駆除が終わっていないエリアに到着すると、そこには大きなトカゲの大群が待ち構えていた。

大きさは、以前テレビで見たコモドオオトカゲよりも大きいと思う。

「砂漠にいるので、砂大トカゲですか。大きいですね」

「これでも、砂獣の中では最弱なんだよ。これが倒せない人が大半なわけだ」

大半の人が大トカゲを倒せないのであれば、今の可住領域を維持するのが限界だろう。拡大に時間がかかって当然か。

「じゃあ、俺たちでドンドン倒していくから。その前に『パーティ』って言ってくれ」

「『パーティ』」

サンダー少佐に言われたとおりに叫んだら、自分の体が一瞬だけ光った。

「この光は？」

「俺たちのパーティに加入した証拠だ。俺たちが倒す砂獣の経験値が貰《もら》えるようになるわけだ」

「なるほど」

経験値とか、ますますＲＰＧみたいな世界だな。

「じゃあ、タロウは安全な場所で見てな」

現時点で私が参戦しても、死体が一つ増えるだけ。

まずはレベルアップをして、基礎身体能力を上げてからということのようだ。

「そうだ。利き腕の手の平を見てくれ」

「手の平ですか？　あっ、レベル1って書いてある」

右の手の平を見ると、そこにはレベル1と書いてあった。

「書いてあればいい。俺には確認しようがないんだが」

「サンダー少佐には見えないんですか？」

「手の平のレベル表示は、本人にしか見えないよ。レアな特技で稀《まれ》に『人物鑑定』や『レベルサーチ』などを持っている奴は見れるけど」

ただし、あくまでもレベルしか見えないそうだ。

「レベルだけだと、その人の強さの判断が難しくないですか？」

「目安にはなるから、最初はともかく、できるだけ他人にレベルを教えない方がいいのさ」

例えば敵にレベルを知られると、その数値を参考に相手の強さを分析されてしまうわけだ。

命取りになるので、レベルは親にも言わないのが決まりらしい。

「レベルだけだと、ある人のレベル10よりも、別の人のレベル1の方が強かったりして」

「それがあるから、一般人は少しレベルを上げて終わるのさ」

どんな人でもレベルが上がれば強くなるが、それでこの砂大トカゲを倒せるようになるのかどうかは別の話。

それでも、レベルが上がると体が丈夫になったり、怪我《けが》の治りが早くなったり、なにより熱射病で倒れなくなる。

レベルアップをして、損はないというわけだ。

「じゃあ、俺たちは行くから。油断するなよ！」

「「「「おおっ！」」」」

サンダー少佐の合図で、彼と兵士たちは一斉に砂大トカゲの群れに攻撃を開始した。

魔法——あるとは聞いている——は使わず、みんな大剣を構えて砂大トカゲに斬り込み、まるで時代劇の剣豪のように次々と砂大トカゲを倒していく。

倒された砂大トカゲはその場から消えてしまい、いかにもＲＰＧといった感じだ。

「でも、ドロップアイテムとかはないんだな……」

「少佐！」

「これはどういう？」

「狼狽《うろた》えるな！　区切りのいいところまで油断しないで倒せ！　話はあとにする！」

なにかアクシデントがあったようで、消える砂大トカゲを見た兵士たちが驚いていたが、サンダー少佐が戦闘中に油断するなと皆の気を引き締めた。

それ以降は順調に砂獣を倒していき、区切りのいいところで私のもとに戻ってきた。

「タロウ、レベルは？」

「ええと、7に上がってます」

数十四の砂大トカゲを倒して、パーティ七人割りでレベルが六つ上がった。

効率がいいのかどうかは、サンダー少佐に聞いてみないとわからないか。

それよりも、最初にサンダー少佐たちが砂大トカゲを倒した時、とても驚いていた理由を聞かなければ。

「タロウ、『パーティアウト』と叫んでくれ。お前さんが一度パーティから抜けることになるので、それで理解できる」

「わかりました。『パーティアウト』！」

私が『パーティアウト』と叫ぶと、再び私の体が一瞬光った。

サンダー少佐たちのパーティを抜けた証拠なのだと思う。

「あの端のやつでいいか。おい」

「はっ、了解しました」

サンダー少佐の命令で、兵士の一人が一匹だけはぐれた砂大トカゲを大剣で倒した。

すると今度は、先ほどと違って砂大トカゲの死体が残っていたのだ。

そして……。

「えっ？　空から袋が？」

砂大トカゲの数メートル上空に突然革の袋が出現し、そのまま重力に従って砂トカゲの死体の上に落ちてきた。

私がパーティにいなければ、というか普通は砂獣を倒すと死体が残り、革の袋に入ったなにかを得られるというわけか。

「サンダー少佐？」

「見てのとおりなんだが、普通、砂獣を倒すと死体が残る。人間にとって厄介な砂獣だが、その死体を、我々は日々の生活に活用しているわけだ」

肉は食料として、皮はハンターや兵士の装備品の材料になるそうだ。

「そういえば、みなさん金属製の鎧《よろい》を使っていませんね」

「火傷《やけど》するからな。熱を帯びない特殊な金属装備もあるが、とても高価なのでまず手が出ない。ごく一部の優秀なハンターや大貴族様くらいじゃないかな？　持っているのは」

グレートデザートの大半は砂漠のため、下手な金属製の装備は火傷のもとなのか。

下が砂地なので、重たい装備だと動きにくい。

熱射病の危険もあるのか。

「そんなところだ」

「それで、この革の袋なんですけど。これはなんなのです？」

「これは金だ。貨幣だ。このグレートデザート全域で使える『神貨《しんか》』と呼ばれる神から与えられた貨幣なのだ」

「この世界って、神様がお金を渡しているのですか？」

世界が変われば常識も変わるというか、この世界、本当にゲームのような世界のようだ。

「神様がお金をくれるとなると、人間は、国家は、お金を造らないのですか？」

「昔は造っていたそうだ」

「今は？」

「少なくとも、このバート王国では貨幣の私鋳は死刑だな」

「すると、貨幣の供給は、神様と砂獣頼りですか……」

「国や地方によっては、独自に貨幣を作っているところもあると噂《うわさ》には聞くな。品質や価値が安定しないので人気はなく、少なくとも我が国では使えない」

「なるほど」

日本のように高度な貨幣製造技術がないので、国が独自に貨幣を鋳造しても信用を得られないってことなのであろうか？

神が与えてくれる貨幣に勝る信用はないので、よほどの事情がなければ独自に貨幣を造る意味がないというのもあるのか。

「見てみな、神貨を」

サンダー少佐に促され、革の袋から貨幣を取り出すと、中には『100』と刻印された白銀色の貨幣が五枚入っていた。

白銀色の貨幣は、百円玉によく似ていると思う。

「砂大トカゲを倒すと、一匹500ドルクの収入になるわけだ。トカゲの肉や皮はその日の相場によるけど、2000～3000ドルクになる」

「少なくないですか？」

そうでなくても、砂大トカゲを倒せる人は十人に一人もいないというのに。

討伐には命の危険もあるわけで、それにしては報酬が安すぎる気がしなくもない。

「まあ、よくある話さ。上の取り分が多いわけだな。砂獣の素材を買い取るハンター協会だが、あそこは貴族の天下り先なのさ」

つまりバート王国には、支配権を強固にするため食べさせなければならない貴族が多いというわけか。

軍の士官職もそうだが、そのせいで優秀なサンダー少佐が退役しなければいけなくなったり、ハンター協会による素材の買い叩《たた》きでハンターたちがやる気をなくせば、結果的に国益にそぐわないような気がしなくもない。

「(層の厚い貴族たちの既得権益を守りながらの大胆な政策は不可能で、それに手を出すと王様でもヤバイのかな？　詰んでいる国だな)」

他の国については、実際に見たわけではないのでなんとも言えないけど。

少なくとも、バート王国が『変革者』に期待した理由はよくわかる。

それが私で、王様はガッカリしたのであろうが。

私は優秀な人間というわけではない。

自分では普通だと思っているので、元々王様の期待に沿うのは難しかった。

だから逆に、これでよかったのか？

そんなに期待されてもなと、この年になると思ってしまうのだけど。

「あと、報酬の半分を税金で取られるから、砂獣一匹でよくても２０００ドルクいくかいかない程度かな」

「厳しいですね」

「最低一日三匹は倒したいところだが、その辺が限界という兵士やハンターが大半だ」

「先ほどの様子からすると、サンダー少佐たちは強いですよね？」

砂大トカゲを、わずかな時間でバッタバッタと数十匹も倒したのだから、サンダー少佐と部下である兵士たちはかなり強いはずだ。

「上には上がいるけどな。だから、俺は軍を退役しても困らないのさ。こいつらと一緒にハンターをやる計画だ」

なるほど。

五人の兵士たちは、サンダー少佐が育て上げた優秀な人材というわけか。

そのうち軍を退役して、ハンター業で稼ぐ計画のようだ。

「退役まで一ヵ月。お前さんの面倒はちゃんと見るさ」

「でも、悪い気がします」

この世界で私が暮らすためにはレベリングが必要で、そのために私がパーティに入った状態で砂獣を倒してもなにも手に入らないことが判明した。

サンダー少佐たちを無料働《ただばたら》きさせてしまうことになるのだから。

「それなら気にするな。どうせ神貨と砂獣の素材は没収なのでな」

「そうか。サンダー少佐たちは軍に雇われているから」

「頑張れば歩合で手当が出るとか、そんなこともないのでな。安全な後ろに控えているだけの貴族たちが、平民士官や兵士たちに『もっと砂獣を倒せ！』と発破をかけてくるのを嫌う者は多い。みんな仕事だからやっている感じだな。実際、実力がある平民士官や兵士なら、退役してハンターになってしまう奴も多い。兵士は決まった給金が出るし、装備は無料で貸与される。兵士の仕事はハンターになりたい奴が、自前の装備を買う金を貯《た》め、手っ取り早くレベルを上げる手段として重宝されているわけだ」

そんなに入れ替わりが激しくて、国防は大丈夫なのか？

砂獣のせいで戦争どころではないのか。

「報告の必要はあるが、素材の持ち帰りも面倒なのでな」

「そうですよね、サンダー少佐。沢山倒すと重たくて……」

「持てない分を捨てて帰ると、貴族様がうるさくて……」

「なんとか持ち帰っても、この暑さで肉が腐ると叱《しか》られて……」

「怪我をしても薬代すら出ず……」

「これなら、ハンターの方がマシってものです」

とりあえず軍属での不満はあるものの、一ヵ月は私のレベリングに付き合ってくれるのか。

だが……。

「そのあと、タロウを仲間には入れられないな。神貨と素材が獲《と》れないと、俺たちは飢え死にすることになるのでな」

「ですよねぇ……」

どうやら私は、砂獣の討伐では生きていけないらしい。

レベルを上げて体を頑丈に、暑さへの耐性を上げ、なにか仕事を探さなければいけないようだ。

「経験値は入るから、俺たちとしても効率はいいんだ。ある程度レベルが上がったら、タロウにも戦闘に参加してもらうからな」

「はい」

砂獣を倒しても神貨と素材が手に入らないのでサンダー少佐たちに嫌われるかと思ったが、彼らが退役するまでなら問題ないようだ。

だが、今日の討伐を終えて王都の兵舎に戻り、私のことを報告したら、貴族士官様があからさまに嫌な顔をした。

兵士たちからの神貨と素材が、彼らの豊かな生活を支えているからであろう。

「陛下が一ヵ月は面倒を見ると仰《おっしゃ》られた。それが終わったら即刻この国から出ていけ！　この役立たずが！」

貴族士官様から罵《ののし》られてしまったが、本来砂獣を倒すと手に入るものが入らないので当然か……。

嘆いても意味はないので、この一ヵ月でなるべくレベルを上げて頑丈な体を手に入れることにしよう。

＊＊＊

「タロウ、お前さんはこの前の服を売った時に貰った『代金符《だいきんふ》』をまだ持っているのか？」

「兵舎にいるとお金を使わないので、そのままですね」

「それはよくないぞ。盗難や強盗に遭うかもしれないから、これから教会に行こう」

「えっ？　教会にですか？」

「お金を預けるのなら教会だろう？　タロウの世界でもそうだろう？」

「いえ、私の世界だと銀行ですね」

「銀行かぁ……初めて聞く単語だな。この世界だと、預金は教会へだな」


レベリングは順調に進んでいた。

相変わらず、私のパーティでは砂獣を倒しても神貨も素材も得られないのだが、それらを拾って処理する時間が必要ないので、効率的に討伐ができているからだ。

神貨と素材が手に入らないので貴族士官様たちは怒っているようだが、王様が一ヵ月は面倒を見ると言ってしまった以上、まさか私を罰するわけにもいかず、歯ぎしりしている状態であった。

私がレベリングを始めてから三日後、今日は初めてのお休みであったが、同じくお休みのサンダー少佐から教会へ行こうと誘われてしまった。

私が紫色のスウェット上下を売却した時に貰った『代金符』という小切手のようなもの。

サンダー少佐が言うには、持ち続けていると盗難の危険があるので、教会に預けるべきだ、とのこと。

この世界では銀行が存在せず、教会が預金業務を行っているらしい。

まさに、世界が変われば常識も……というやつである。

サンダー少佐と一緒に王都の中央にある教会へと向かうと、確かに教会というよりは銀行っぽい建物が見えてきた。

金を扱っているからか、教会だからか、それともどちらもだからか。

建物は非常に金がかかっていそうに見える。


「本日はどのようなご用件で？」

「『代金符』を預けたいのです」

「預金でございますね」

建物のみならず、教会の神官も銀行員のようであった。

当然、神官らしい神官もちゃんと存在するようだけど。

「こちらに手の平をのせてください」

こういう中世ファンタジー風な世界で、どうやって預金者の特定をするのか不思議だったのだが、若い男性神官に言われて水晶玉に手の平をのせると、もう預金者登録は終わっていた。

「カトウタロウ様ですね」

私はまだ名乗っていないのに、その水晶玉は凄《すご》いな。

「神貨と合わせ、神が我ら人間に与えてくれたありがたいものなのです。この装置のおかげで、グレートデザートに一万四千七百六十九ヵ所ある教会すべてで預け入れ、引き出し、借り入れなどが可能です」

地球にあるどの銀行よりも便利だな。

それと、銀行業をやっているおかげで、教会は国家と対等かそれ以上の力を持っている可能性が高い。

それがわかっただけでも収穫だったな。

「お預けになる『代金符』は？」

「これです」

「2000万ドルクですか。大金ですね。もう一度手の平をこちらに」

もう一度水晶玉に手の平をのせると、これでもう預金は終了だそうだ。

「あちらにある水晶玉に手の平をのせると、残高が表示されますので」

若い神官に教えられた、まるでATMコーナーのように水晶玉が並ぶ場所に行って手の平をのせてみると、『カトウタロウ　2000万ドルク』と水晶玉に浮かび上がってきた。

「便利ですね」

「俺は昔からこうだから、別に驚かないけどな」

初めてということもあって、続けて若い神官から細かい説明を受けたが、預金は預け入れも引き出しも手数料は無料。

その代わり、預金しても利息はつかないそうだ。

どこの教会でも預け入れられ、引き出しができるとなれば、利息以上の価値があるから問題ない。利便性が段違いだな。

借り入れもできるが、その利息はかなり高額だ。

さらに金を借りると、『位置把握』の魔法が自然にかかるので、返済しないで逃げるのは不可能らしい。

どこに逃げてもその位置が把握され、取り立て専門の神官が文字どおり地獄の底まで追いかけてくるそうだ。

「ちなみに、返済できないとどうなります？」

「教会指定の職場で、返済が終わるまで拘束されます」

タコ部屋のような場所に閉じ込められ、働いて得た給金で借金を返済していく。

返済が終わるか、労働が困難になるか、死に至るかしないとそこから出られないそうだ。

逃げようとしても、『位置把握』の魔法があるから逃げきれないのか……。

「この世界の神貨は、人が便利に使えるように神が与えたもうた神聖なるものなのです。借りて返さぬは、神に対する大きな罪なので……」

金を返さないと神官が取り立てに来て、返せないとタコ部屋行きなのか……。

この世界って、実は教会が一番の権力者なのかもしれない。

ただ神貨は神が人間に与えたものなので、教会が管理してもおかしくはないのか。

「お金を借りる予定は今のところはないので」

「できましたら、それがよろしいかと」

利息が高いらしいので、お金は借りない方がいいか。

商売でも始める人は別なんだろうけど。

「じゃあ、兵舎に戻るか」

「はい」

無事預金も終えたので、兵舎に戻るとしよう。

せっかくのお休みなので買い食いでも……はやめておこう。

兵舎を出ることになったら、嫌でも毎日お金を使わなければいけないのだから。

第三話　追放

「タロウ！　いけ！」

「はいっ！」

「ようし！　最低限の戦闘力はあるようだな」


私が、サンダー少佐の指導でレベリングを始めてから三週間。

今では、砂大トカゲくらいは倒せるようになった。

『とにかく力を込めて突き入れろ！』というサンダー少佐からの指示に従い、真正面にいる砂大トカゲに力いっぱい槍《やり》を突き入れると、砂大トカゲは消滅してしまった。

相変わらず、私及びそのパーティメンバーが砂獣《さじゅう》を倒すと消えてしまう。

神貨《しんか》も素材も手に入らず、砂獣の討伐報酬もないので、私にはハンター業はできないなと実感するに至っていた。

討伐効率に関しては、死んだ砂獣に突き刺さった剣や槍の穂先を引き抜く時間や、神貨、素材を回収する手間が省けているのでとてもいい。

レベル上げも順調で、私のレベルはすでに87まで上がっていた。

かなりの成長度のような気もするが、実は大したことないのかもしれない。

正直、判断に悩むな。

「レベルの基準みたいなものってあるんですか？　このくらいのレベルだと一人前とか？」

休憩中、私はサンダー少佐にどのくらいのレベルがあれば一人前とか凄腕《すごうで》とかいえるのか、そういう基準があるのか聞いてみた。

かなり個人差があるとは聞いていたが、目安があれば知っておきたかったからだ。

「大半の者は砂大トカゲにも勝てないと前に話したな。そこが概《おおむ》ねレベル3〜5くらいだ。兵士やハンターになれた者で、どうにか砂大トカゲを倒せる者がレベル10〜30ってところかな？　これも個人差が大きい」

才能があれば、レベル5程度でも砂大トカゲは倒せる。

ところが逆に、頑張って砂大トカゲを倒し続けてレベル50になっても、一生砂大トカゲから卒業できない者もいるそうだ。

それでも、ハンターになって砂獣退治で数をこなせば、人並み以上の生活は送れるそうだが。

「結局、才能次第ですか」

「一般人がレベリングをしてレベル30まで上げたとしても、砂大トカゲに歯が立たないケースも多い。もっとも、なんの才能もない一般人はそこまでレベルを上げられないけどな。貴族や金持ちならともかく」

「金でレベリングをする貴族や金持ちがいるんですね」

砂獣を倒さねばレベルは上がらず、かといって砂獣を倒すのはとても難しい。

下手に戦えば、すぐに死んでしまうだろう。

そこで貴族たちは、砂獣を倒せるハンターを雇い、レベリングしてもらうわけだ。

要するに、金でレベルを買うわけだな。

「身体能力が上がり、一般人よりは強くなれるからな」

結局、貴族だからといって全員が軍人やハンターとしての資質を得られるわけもなく、だからコネで軍士官になるわけだ。

そして、部下であるベテラン兵士たちにレベリングをしてもらう。

この国は貴族の搾取が激しくて平民たちの不満も大きいが、彼らの大半はレベルが高い貴族に勝てないわけか。

そのうえ、強い兵士やハンターには少し飴《あめ》を与えて反抗しないようにしてある。

なんとなくだが、この世界の実情が見えてきたような気がした。

「レベルが上がると、病気になりにくかったり、治癒が早かったりする。大物貴族なんて、赤ん坊にレベリングをさせるからな」

医療技術や衛生環境の差もあるのだろうが、暑さで死んでしまう子供が多いのだとか。

それを防ぐため、貴族や金持ちは優秀なハンターに高額の謝礼を支払ってレベリングをし、赤ん坊を保護しているわけだ。

「それにしても、タロウはさすが『変革者』だな。こんな短期間で、砂大トカゲを余裕で倒せるようになったのだから」

「倒しても、神貨も素材も得られませんけどね」

レベルが上がった影響であろう。

灼熱の砂漠で一日中討伐を続けても、それほど汗が出なくなったし、熱射病にもならなくなった。

だが、いくら砂獣を倒しても神貨と素材が手に入らない。

倒した砂獣がなぜか消えてしまうのだ。

おかげで、王様をはじめ貴族たちの私に対する評判は最悪だった。

私がハッタリでも貴族を名乗っていたのと、王様が臣下の前で約束したので一ヵ月間の支援は約束どおり続けられたが、それが終わったら役立たずは王都から出ていけと言われたのだから。

「あと一週間か」

「私は王都を出ますし、サンダー少佐も退役ですか」

貴族枠で入った若造を少佐にするため、歴戦のサンダー少佐を退役させてしまう。

この国はどうしようもないなと思ってしまった。

むしろ追い出された方が安全かもしれないけど。

「あと一週間だ。強くなってくれよ」

「はい」

それから一週間、私は砂大トカゲを狩りに狩りまくった。

レベルは98まで上がったが、さすがにここまでくるとレベルも上がりにくくなるな。

「レベル20くらいにはなったか？　ああ、レベルは他人に言わない方がいいぞ」

「この前聞いた、砂大トカゲは余裕で倒せそうなレベルですよ」

「惜しいな。神貨と素材が獲《と》れれば、俺のパーティに誘ったんだが……」

お世話になったサンダー少佐に嘘《うそ》をつくのは心苦しいが、私のレベルを知ったせいで思わぬトラブルに巻き込まれるかもしれない。彼はこれからも、王都周辺でハンターとして砂大トカゲを狩っていくはずだから、迷惑はかけたくないのだ。

恩義を感じているからこそ、私のような異物があまり関わらない方がいいのだから。

「最後に、陛下がなんの用事だって？」

「わからないです。嫌味でも言われるのでしょうか？」

「ありそうだから困るよな」

「ですよね」

訓練とレベリングが終わり、私は同じく退役するサンダー少佐にお礼と別れの挨拶をしてから、兵舎を出て王様のいる謁見《えっけん》の間へと向かう。

するとそこには、あからさまに不機嫌そうな顔をした王様が、玉座に座り頬杖《ほおづえ》をしながら待ち構えていた。

「せめて神貨と素材くらい貢献すればいいものを……『変革者』なので変わり者だとは理解していたが、マイナスで役立たずだな。一ヵ月間も無料飯《ただめし》を食わせてやった余の寛容さに感謝し、『ウォーターシティー』へと向かうがいい。船代くらいは出してやる」

「ウォーターシティーですか？　それはどういう町なのでしょうか？」

「おい」

王様は説明したくないようで、下座に控えていたシュタイン男爵に顎《あご》で『説明してやれ』と命令を出していた。

自分の偉さを誇示したいのはわかるけど、男爵にあの態度はないよな。

あえて臣下をぞんざいに扱うことで、自分を偉く見せようとしているのだろうけど、かえって反感を買っているような……。

「ウォーターシティーは、このグレートデザートの中心部に位置する海の真ん中にある島国です。独立した都市国家で、大商人たちの合議制で統治されているのが特徴です」

「ふんっ！　拝金主義のくだらない国だ」

どうも王様は、ウォーターシティーが嫌いなようだ。

豊かな国のようで、だから王様は拝金主義だと嫌味を言っているのであろう。

王様や貴族がいないらしく、商人たちが統治しているので下に見ているというのもあるのか？

「そこなら、お前のような無能でも食えるくらいの仕事はあるはずだ。ハズレ『変革者』を引いた余は、統治者として忙しい。即刻消えるように」

「わかりました。お世話になりました」

「ふんっ」

ここまで嫌われている以上、この国に残るのはよくないだろうな。

とっとと船代を貰《もら》って王都を出ることにしよう。


「タロウ殿、すまないな」

謁見の間を出ると、同じくそこから出てきたシュタイン男爵に謝られてしまった。

この人は本当にいい人だな。

だからこそこの国では出世できそうにない、可哀想《かわいそう》な人なのだけど。

「事実上の追放になってしまったからな」

「結果的には、それが最良なので気にしていませんよ」

中途半端に才能や特技があって、あの王様に利用されるよりはマシというものだ。

それに、私がこれから向かうウォーターシティーには仕事が多そうなので、砂獣の討伐で稼げない私にはいい場所かもしれない。

「ウォーターシティーまでは、まずはこの王都から『砂流船《さりゅうせん》』でバート王国領である『中央海』の港『リリス』へと向かう。あとは、水上船でウォーターシティーまで移動だ」

まずはここから、砂流船とやらで移動か。

名前からして、砂を走る船があるのか。

「砂を走る船とは珍しいですね。私の世界にはないものですよ」

「そうなのか。グレートデザートでは砂流船の方が多いのでな」

砂漠が八割なのだから当然か。

「チケットの手配はしているので、乗り遅れないようにしてくれ。あとは、これがリリスから出る水上船のチケットだ」

他にも、砂流船のチケットも渡され、私は城を後にした。


身支度を整え王都にある砂流船専用の港に着くと、サンダー少佐とシュタイン男爵が見送りに来てくれた。

王様に見捨てられた出来損ないの『変革者』である私を見送ってくれるとは、なんと情の深い人たちだろう。

「わざわざのお見送り、感謝します」

「一ヵ月教えた弟子の見送りだからな」

「タロウ殿は突然この世界に召喚され、前の生活をすべて失ってしまった。しかも、召喚しておいて陛下はあの態度。ただ申し訳ないし、とはいえ私には家族もある。貴族ゆえに家を絶やすわけにもいかない。この国で我慢して生きていくしかないのさ。タロウ殿のこれからの人生に幸あらんことを」

サンダー少佐も、シュタイン男爵もいい人だな。

いきなりこの世界に召喚されて苦労しているが、この二人と出会えたことだけは救いかもしれない。

もし私に余裕ができたら、この二人には恩返ししたいものだ。

「それと、これは少なくて心苦しいのだが、サンダー少佐と私からだ」

「そこまでしてもらってすみません。お金はあるのに」

なんと二人は、私に餞別《せんべつ》まで渡してくれた。

船賃だけでいいだろうと、王様はそんなことしてくれなかったのに。

「タロウには服を売った金はあると聞いたが、あれはなるべく使わない方がいい。お前さんは、砂獣を倒しても金にならないからな」

「一日でも早く、ウォーターシティーで働き口を見つけ、生活を安定させるべきだ」

「ご忠告感謝します」

この世界に来て、美女との出会いはいまだないけど——この年齢なので、別にいいけど——シュタイン男爵、サンダー少佐と出会えたのは本当に幸運だったな。

「それにしても、水を走る船とほぼ同じですね。砂流船は」

砂流船というからどんな変わった船かと思ったら、水上帆船とそれほど作りに差はなかった。

平底なくらい……水上船にも平底の船はあるか……。

動力はなんなのであろうか？

「動力は魔力だ」

「補助動力は、帆船なので風だな」

魔力と風力で、砂の上を走る船なのか。

「運賃はかなり高額なので、陛下はよほどタロウ殿をこの国から追い出したいのだろうな」

「そんなに嫌われることをしましたかね？」

「タロウが、自分の思い描く『変革者』でなかったからだろう。向こうの勝手な思い込みだ」

そんなことは、どこの世界でもよくある話か。

とにかく今は、一日でも早くこの世界で自立していくことだ。

「そろそろ時間だぞ、タロウ」

「シュタイン男爵とサンダー少佐には大変お世話になりました。このご恩は一生忘れません」

「ウォーターシティーは景気がいいので、仕事は多いはずです。タロウ殿なら大丈夫ですよ」

「そんなに恩に感じなくてもいいぞ。効率のいい狩りで俺もレベルが三つも上がったからな。それじゃまたいつかどこかで」

一ヵ月で三つか。

サンダー少佐は、すでにかなりの高レベルなんだろうな。

「さようならぁ――――」

「元気でなぁ――――」

「ウォーターシティーでも頑張ってくれよぉ――――！」

砂流船の出発時刻となり、私が船に乗り込むと、船は港の岸からゆっくりと離れていく。

私は、サンダー少佐とシュタイン男爵の見送りを受け、この一ヵ月間を過ごした王都を離れたのであった。

＊＊＊

王都から離れた砂流船は、順調に北にある中央海を目指していた。

中央海はこのグレートデザートの中心部にある唯一の海で、現在バート王国も含めて三ヵ国と、中央の島にあるウォーターシティーが分割領有しているそうだ。

グレートデザートにある唯一の海なので、過去にはその領有権を巡って戦争もあったみたいだが、今では砂獣のせいで戦争どころではなく、条約で領有権が定められているそうだ。

あと、中央海にも砂獣が出るらしい。

『海にいるのに、砂獣とはこれ如何《いか》に？』だが、基本的にこの世界にいる化け物の類《たぐい》はみんな『砂獣』というそうだ。

海獣とか言って分けると、面倒だからかもしれない。

砂流船の旅は風のおかげで涼しく、広大な砂漠という滅多に見られない景色も観光として楽しめ、非常に快適だったのだが、突然若い船員が叫び始めた。

「すみません！　ハンターか、砂獣を倒せる方はいませんか！」

前方に、沢山の砂獣を発見したという。

そして、慌てて戦闘力のある客にも砂獣退治を頼んだというわけだ。

これはあれだな。

飛行機の機内でＣＡさんが、『急病人が出ました。お客様の中にお医者さんはいませんか？』というシチュエーションに似ていると思う。

私はこれまで、そういう現場に遭遇したことはないけど。

「すみません、砂大トカゲしか倒したことないですけど」

「それでも構わないどころか、大いに助かります。助けてください！」

船の甲板前方に移動すると、そこには十名ほどのハンターっぽい人たちが武装して待機していた。

私も、砂大トカゲの革で作った部分鎧《よろい》と槍を持ってそこに参加する。

私も含めて全員が革製の軽装であったが、このグレートデザートで普通の金属鎧なんて装備したら砂にのめり込むか、火傷《やけど》するか、熱射病にかかるので、やはり革装備が基本のようだ。

「砂獣を倒したことがあるのなら問題ない。サンドウォームの群れがこの船の進路上にいるので、これを排除してくれ」

魔力と風を利用して結構なスピードで走る船を、砂大トカゲが止められるものなのか？

そんな疑問を持った私だが、これから戦う砂獣はサンドウォームという巨大な蛇型の砂虫だそうだ。

ベテランっぽい中年男性ハンターによると、サンドウォームは全長五メートル、太さは直径五十センチほど。

先端部分の大半は口で構成されていて、その内側には鋭い歯がビッチリと生えているそうだ。

「その口と歯でなんでも食ってしまうんだ。船は木製なので齧《かじ》られやすい。いかに魔力主体で動いているとはいえ、船底をやられると容易《たやす》く座礁するし、マストが折れれば推進力は半減し格好の的だ。なんとしても船体へのダメージは最小に留《とど》めたい」

砂の上なので沈没はしないが、確かに砂漠の真ん中で遭難したら、みんな干からびて死んでしまうだろう。

なにがなんでも、サンドウォームの群れを追い払わなければいけないわけだ。

「急所は先端にある脳の部分だ。口の奥でもある。逆に尻尾や胴体なんていくら攻撃しても死なない。頭が無事なら、十分の一になっても再生するからな。繁殖力も非常に強いが……これは今は関係ないか」

前方から襲いかかるサンドウォームの頭部を攻撃して確実に殺していかなければいけないわけだ。

しくじれば船が齧られ、船が動けなくなれば、私たちは遭難して死んでしまう。

安全な船旅だと思ったのに……。

「順番に突いていけ！　とにかく先端の部分だ！」

いつの間にか、中年男性ハンターがリーダー役のような存在になり、私たちは彼の命令で船の前方甲板部分に横並びとなった。

「来るぞ！」

早速、砂地から一斉に何匹かのサンドウォームが飛び上がり、俺たちに向かって襲いかかってきた。

「（砂大トカゲ以外の砂獣にも勝てるのか？）」

不安でいっぱいだったが、一ヵ月間の訓練とレベリングは伊達《だて》ではなかったようだ。

その長さと太さをものとせず、甲板にいる私たちに襲いかかってくるサンドウォームの動きがちゃんと見えたので、私は口の奥に槍で一撃入れることに成功していた。

本当に脳が急所だったようで、サンドウォームはそのまま消えてしまう。

「次も来るぞ！」

「（あの人、私のことが気にならないのかな？）」

私が砂獣を倒すと消えてしまうので、中年男性ハンターが気にするかと思ったが、そのまま私にサンドウォーム退治を命令してきた。

「腕がぁ――――！」

「あいつ！　頭がねえぞ！」

私どころではなかったようだ。

どうやらサンドウォームは、砂大トカゲよりも圧倒的に強い砂獣のようだ。

加えて数も多く、次から次へと砂の中から飛び出して襲いかかってくる。

攻撃に失敗し、腕を食い千切られて悲鳴をあげている者。

頭を齧られて死んでしまった者。

この二名の抜けたあとの処置で、中年男性ハンター氏は忙しいようだ。

今、目の前で人が死んでいる。

頭を食い千切られているので、血を噴水のように噴き上げ、前方板甲板を血で染めているのだが、私はそんな光景を見てもなぜか動揺しなかった。

なぜなら、次から次へと襲いかかってくるサンドウォームを殺すのに一回でも失敗すれば、私が体を食い千切られて大怪我《けが》をするか死んでしまうので、それどころではなかったからだ。

他のみんなも私と同じ気持ちであろう。

そして、動揺を抑えきることができなくなった者から順に、サンドウォームに食い殺されていった。

「ミスは許されない……」

私は順調に討伐を重ねていったが、他のみんなはそうはいかなかった。

わずかな隙《すき》を突かれ、次々と負傷、死亡していく。

「リーダーさん、治癒魔法を使える人はいないのですか？」

「残念ながらいない」

魔力で進む船がある以上、この世界には普通に魔法があるのだが、今の私は一切使えない。

手の平に表示されない特技は原則使えないとサンダー少佐から聞いていたから、もう答えが出ている感じだ。

今後なにかしら会得するかもしれないが、必要なのは今なのだ。

この船には治癒魔法使いが乗っていないそうだ。

つまり、手足を食い千切られたハンターは、後方に下げるしかないのだ。

段々と戦っているハンターの数が減っていく。

死者も増えており、この人数では支えきれないと、すでに戦闘経験のない船員たちや、砂獣を倒したことがない男性客まで戦わざるをえなくなっていた。

ただし、彼らの戦闘力は低い。

足止めにもならず、次々と負傷し、死んでいく。

助けに行こうにも、私は前方甲板から動けなかった。

すでに私が、前方からジャンプして攻撃してくるサンドウォームを阻止する要《かなめ》になっていたからだ。

「すまん、俺は後ろに行く。後方からもサンドウォームが飛び込んでくるようになった」

船員不足か、はたまた船の損傷が激しいからか、砂流船のスピードが落ちてサンドウォームの進入を許したらしい。

そしてそこにいた船客たちを次々と攻撃しているという。

確かに女性や子供の悲鳴が聞こえてきた。

中年男性ハンターは、自分が後方に回るからと私に提案してきた。

「そうですね。あなたか私が行かないと」

「すまん。こんな状況だが、あんたがいてくれて助かったよ。だが、あとどれだけ保《も》たせられるか……」

残念ながら、いまだサンドウォームの大量生息地を抜け出せないようだ。

船のスピードも落ちてしまったため、次々とサンドウォームが飛び込んできて、甲板をニュルニュル動いて人を襲っていく。

残念ながら、この船はもう駄目だろう。

これが水上船なら備え付けのボートで逃げるのだが、生憎《あいにく》と砂流船にはそんなものはついていない。

砂流船が沈むなんてあり得ないし、もし脱出してもサンドウォームたちに食い殺されるだけだからだ。

と思っていたら……。

「船長たちが逃げ出したぞ！」

なんと、私たちを置いて船長たちが小型の砂流船で逃げていくのが確認できた。

あのような小型の砂流船をどこに隠していたのか？

船長が先に逃げていいものなのか。

いや、今はそんなことを考えている場合ではないな。

私は襲いかかる疲労感と戦いながら、次々とサンドウォームを殺していく。

何匹殺したのかなど、まったく覚えていない状況だ。

甲板はすでに血まみれで……いや、私が倒した砂獣は消えてしまうので、これは甲板で殺された人たちの血なのだ。

すでに戦闘可能な人間は、私と中年男性ハンターのみ。

彼は後方で奮闘しているが、いつかは力尽きるであろう。

そしてそれは、私の未来でもあるのだ。

「もうこれは使えないな」

使っていた一般兵士用の槍だが、使いすぎで刃の部分が駄目になってしまった。

私は素早く槍を捨て、近くで死んでいた若いハンターの槍を拝借する。

剣もあったがまったく訓練していないので、使わない方がいいだろう。

「キリがない！　……ってあれ？　来なくなった……？」

なぜか私のいる前方甲板から、サンドウォームが襲ってこなくなった。

もしかすると、サンドウォームの大量生息地を抜けつつあるのか？

「態勢を整えないと……」

急ぎ手の平のレベルを確認してみると、サンドウォームとの戦闘で１２３まで上がっていた。

そして、レベルの下に日本語でこうも書かれていた。

「『異次元倉庫』？　あっ！」

手の平に表示されるようになった特技を口にすると、脳裏にその使い方が浮かんできた。

『異次元倉庫』とは、その名のとおり別の空間に物をしまっておけるものらしい。

収納能力はレベルに応じて上がるが、今のレベルだと巨大倉庫一棟分だそうだ。

その中に物をしまっておくと経年劣化しないそうで、食べ物でも永遠に保管できるらしい。

ただし生物については、植物や種子以外は保存できないそうだ。

「いかにもＲＰＧぽくて便利……だけど、今はそれほど必要ないじゃないか！」

できれば、戦闘系の特技や治癒魔法が欲しかった。

だが、嘆いている場合ではない。

「ナムアムダブツ、すみません」

死人の物を奪うのは日本人としてどうかと思ったが、今はそんなことを言っていられない。

私は一緒に戦って死んだハンターから、所持していた治癒薬、毒消し薬、サイフなどを拝借し、早速『異次元倉庫』へとしまった。

確かに、どんな物でも、しまおうと思っただけで虚空に消えてしまうようだ。

「他の方々もすみません」

使えそうな物を『異次元倉庫』に回収しながら、私は船の後方へと向かった。

すでに死体しかなかったが、後方ではあの中年男性ハンターが戦っているはず。

彼を手助けして、死なせないようにしなければ……。

自分勝手な考えですまないが、私の生存率にもかかわってくる問題なのだから。

それに、彼もきっとそう思っているはずだ。

「大丈夫ですか？　そんな……」

急ぎ後方甲板へと向かうが、そこには血まみれで倒れ込んでいる中年男性ハンターの姿があった。

脇腹を食い千切られており、すでに虫の息で助けられるかどうか。

なお、後方にもサンドウォームの姿はなく、船上で戦い敗れた大量の死体がそこかしこにあるだけだった。

どうやら完全に大量生息地を抜けたようだ。

「大丈夫ですか？」

「ああ、あんたか……俺はこの様《ざま》だ……」

「今すぐ治癒薬を使います」

「やめておけ。もう間に合わない。あんたが使えばいいさ……」

「そんな……」

「先に逃げ出した船長と一部船員たち以外は全滅だろうな。早くこの船から逃げた方がいいぞ」

確かに、この船は損傷が激しくて素人の私ではどうすることもできないはずだ。

今は辛うじて動いているが、いつ止まるかわからない状態だ。

それに、もしこのまま進めたとしても、私一人ではどうにもならないであろう。

「あんたがこの船から脱出して生き残れるかどうか……とはいえ、この船に残るのだけはお勧めしない」

私以外が倒したサンドウォームと人間の死体があるので、砂獣が寄ってくるからであろう。

抜けたとはいえ、サンドウォームの大量生息地にも近い。

ここに残れば、そいつらに食われて死んでしまう。

「逃げた方がいい……………」

「リーダーさん！」

残念ながら、中年男性冒険者は息絶えてしまった。

できれば埋葬してあげたいが、今は一刻も早くこの船から逃げ出さないと。

しかし、砂漠かぁ……。

「ええいっ！　その前に！」

砂漠を移動するとなれば、水や食料がなければ難しい。

私は駆け足で船の船倉へと降り、そこにあった食料や樽《たる》に入った水を『異次元倉庫』に回収した。

さらに、使えそうなものや、悪いが船長室などに残っていた神貨や貴金属、予備の下着や服なども回収していく。

「とにかく使えるものは回収だ」

手当たり次第に『異次元倉庫』に放り込んでいくと、とてもいいものを発見してしまった。

船長たちが逃走に使った小型の砂流船と同じ型のものが、反対側の船舷《せんげん》に固定してあったのだ。

「いけるか？　私は船なんて動かしたことないが……」

動かせれば生存率が上がる。

私は無我夢中で小型砂流船を固定していた木枠とロープを外して船に乗り込み、適当に操作して船を動かそうとした。

「とにかくここを離れなければ」

完全に行き当たりばったりだったが、神に願いが通じたのか？

いや、この船は魔力で動くからであろう。

なんとか動き出し、私は無事砂流船からの脱出に成功した。

そしてその直後、再び大量のサンドウォームたちが砂地から飛び上がり、船の甲板上にある同胞や人間の死体を貪《むさぼ》り始めた。

続けて、船に穴を開けて木材すらも齧り始める。

もしあそこに残っていたら、私もサンドウォームたちに食われていたはずだ。

「逃げ出した船長と船員たち以外、私だけが生き残りか……」

せっかくのウォーターシティー行きだったのに、思わぬアクシデントで遭難してしまった。

一人だけでこの小型船を動かし、砂獣の襲撃をかわしながら人が住む町に辿《たど》り着く……。

果たして、そう上手《うま》くいくだろうか。

＊＊＊

いきなりの本番で、脱出用の小型砂流船の起動と操船に成功した私は、船から失敬してきた地図を見ながら砂漠を移動していた。

「一面見渡す限りの砂漠だな。当然か……」

なお、この船にはコンパスと羅針盤はないようだ。

あれば方角がわかってよかったのに……。

正直、ここがどこなのかよくわからない。

王都の北、中央海の南なのはわかるが、サンドウォームに船が襲われた時に方角が変わっていたら完全にお手上げだな。

夜に天測でも……そんなことしたことがないし、この世界の星座なんてわからないので不可能か。

「どうしようかな？」

水や食料は大量に失敬してきたので、飢え死にや渇死はないと思うが、問題はどこでもいいから人間の住んでいる場所に辿り着けるかどうかだ。

「しかし、あまり好き勝手動くと危険かな？」

沈んだ船のようにサンドウォームの大量生息地に入ってしまえば、飢え死にする前に食われてしまうであろう。

先ほどの戦闘でレベルが上がったとはいえ、一人でサンドウォームの群れに対抗できると自惚《うぬぼ》れられるほど、私は自信家ではない。

「本当に、どうしたものか」

とりあえず、再度サンドウォームたちの襲撃を受け船体まで齧られ始めた砂流船の方に向かうのは危険だ。

逆の方向に……果たしてどの方角なのか？

こういう時に、やはりコンパスがあれば……と思ってしまうな。

「慎重に移動していくしかないか……」

私は多少操船に慣れてきた小型砂流船を動かし、人間のいる場所を探し始める。

正しくは砂漠に点在している有人のオアシスといったほうがいいだろうか。

オアシスの大半は貴族が統治していると、サンダー少佐から聞いたことがあるから、発見すなわち人がいる、という可能性は高い。

またサンダー少佐は、オアシスを支配する貴族には、半ば独立国に近い自治権が与えられているとも言っていた。

バート王国のみならずグレートデザートにあるすべての国からすれば、砂獣に襲われる危険を冒してこれらのオアシスに砂流船で代官を送り込むのは困難なので、数年に一度貢物を持って本国に挨拶に来ればいいことにしたのが自治権の発端らしい。

国からしても、下手にオアシスの貴族たちを締めつけて反抗でもされると、メンツの問題から討伐をしなければいけないが、砂漠に囲まれた遠いオアシスに軍勢を送り込むのが困難だということは容易に想像がつく。

移動中の軍勢が砂獣たちに嗅ぎつけられたら、反抗する貴族の軍勢と相見《あいまみ》える前に砂獣たちと戦わなければならなくなる。

そんな理由で、各国は砂漠に点在しているオアシスを実質放置していた。

数年に一度の挨拶というが、それすらしていない貴族が大半だそうだ。

「なんとかオアシスに辿り着ければいいけど……」

私は、『ここだ!』と決めた方向に向かって船を走らせていく。

オアシスが見つかれば暫《しばら》くは生き残れるだろうが、見つからなければ一人死んでいくしかない。

地図を見ながら数えると、バート王国で確認されているオアシスの数は百八個だった。

煩悩の数……他国しか把握していないオアシスも多いそうだが、当然他国はわざわざバート王国に教えてあげる義理もなく、それらを合わせると推定数百ヵ所だと、サンダー少佐が言っていた。

あと、無人のオアシスもあるにはあるが、見つけ次第貴族への恩賞にしてしまうため、バート王国が確認している無人のオアシスはゼロなのだという。

「未発見のオアシスでもいい」

水の在庫があるうちに、オアシスに辿り着ければ生き残れる。

もし辿り着けなければ、水が切れ次第死ぬだろう。

「死んでもいいとか思えないのが私の生き汚いところかな。加奈《かな》との約束もあるからか」

『あなたは長生きして。できれば新しい女《ひと》と結婚してほしいわ』

若くに亡くなってしまった彼女との約束があるので、死に急ぐのはやめようと思う。

それにこの一ヵ月ほど、平凡なサラリーマン生活から一転して、なかなかにスリリングな生活を送っているとさえ思えるのだ。

シュタイン男爵、サンダー少佐のようないい人たちとも出会えた。

その中に女性が一人もいないところは、加奈に『情けない』と言われてしまうかな？

そんなことを考えながら船を走らせていたら、なんと探していたオアシスが見えてきた。

「無人なのか？　いや、家があるぞ！」

一軒だけ、大きなテントのような住居が見えるので、無人のオアシスではないことが確認できた。

だが、こんな砂漠の真ん中のオアシスに家が一軒だけ、しかも強風があれば飛んでいってしまいそうなテントか……。

もしかすると、私と同じく遭難者なのであろうか？

「とりあえず、あそこに辿り着けば水くらいは確保できるはずだ。テントの中の人から話も聞きたいな」

私は、船をそのオアシスへと向けたのであった。

第四話　ララベルとミュウ

船を、砂地からオアシスの上に引き上げるべきか。

悩んでいたら、オアシスの住民から『そうしないと、流砂で船が流されてしまう』と声をかけられた。

私が最初に出会ったオアシスの第一住民は、若い女性であった。

「あっ、第一村人発見って……あの……暑くないですか？」

仮面をしているので素顔は見えないが、声からして若い女性のはず。

この環境にもめげず、キラキラと輝く長い金髪を後ろで無造作に束ねている。

彼女はハンターというよりも騎士といういでたちで、この世界では滅多に見ないと聞いていた金属製の鎧《よろい》を装備していた。

多分これが、砂漠の暑さをしのげる特別な金属鎧なのであろう。

そういう装備ならば、仮面をつけていても問題ないわけだな。

腰に差している剣も、かなりの業物のはず。

「昔、顔に大きな火傷《やけど》を負ったのでな。驚く者もいるので、普段はこうして仮面をつけている。だから素顔を晒《さら》せないことを許してほしい」

この暑さで仮面をつけるのは大変だと思うけど、若い女性が顔にある火傷を隠したい気持ちは理解できたので、私はこの件を流すことにした。

「それは失礼しました（なんか、女性〇闘士っぽいな……）。ところで、ここは？」

『追放者のオアシス』と、わたしは呼んでいる。ここには、わたしの他にもう一人……」

「ララベル様ぁ――――！　あっ、本当に遭難者がいますね。男の方ですか？　どちらから？」

もう一人の女性は、やはりこの暑さなのにローブを纏《まと》っている美少女であった。

いや、日差しを防ぐ意味では間違っていないのか？

魔法使いという線もあるか。

紫色のショートカットが特徴で、活発的に見える子だ。

「バート王国の王都からです。本当は砂流船でウォーターシティーを目指していたのですが……」

私は、乗っていた砂流船がサンドウォームに襲われて破壊されてしまい、どうにか小型船で逃げ出してきたのだと事情を説明した。

「砂流船がサンドウォームに襲われただと？　破壊されたということは多数……定期便が、サンドウォームの縄張りに飛び込んだのか？」

「ちょっと不自然ですね、そのお話は。砂流船の船長はベテランしかなれないので、そんな場所に入り込むなんておかしいですよ」

「そういえば、船長と一部の船員たちは先に逃げ出したんですよね。普通なら、避難するにしても最後ですよね？」

少なくとも、地球の船乗りの常識ではそうだった。

この世界の船乗りたちが、必ずしもそうという保証はなかったけど。

「そうですね。乗客たちよりも先に逃げ出す船乗りなんて、本来なら厳罰ものです。特に船長は船の最高責任者なのですから、船員たちよりもあとに船を脱出しなければ」

それでも逃げ出したということは、つまり船長には、逃げ出しても問題がない、庇《かば》ってくれる存在がいることになる。

あの事故は、船長たちがわざとサンドウォームの大量生息地に入り込んだから起きた可能性が高いわけだ。

しかしどうして？

今の私はそれを調べる術《すべ》もないのか……。

頭にくるが、今は生き残ることが最優先だな。

「あの、あなたのお名前は？」

ローブ姿の美少女に名を聞かれた。

「加藤太郎《かとうたろう》です」

「変わったお名前ですね。あっ、自分はミュウと申します」

ミュウさんか。

その容姿に合う、可愛《かわい》らしい名前だな。

「貴殿、もしかして『変革者』か？」

えっ？

この仮面のお姉さん、どうしてこんな外部の情報がなにも入ってこないオアシスにいて、私の正体を知っているんだ？

「ええ、私は『変革者』です。もっとも、王様からいらないと言われて国を出るところだったのですが……」

残念ながら私は、王様から出来損ないの『変革者』だと見なされ、王都を出ていけと言われたので、砂流船に乗って他国に向かうところだったのだと、仮面の女性に説明した。

「最近……といっても数年前のことだが、その頃からバート王国が『変革者』を呼び出すことを、わたしは知っていた」

このララベルという人、ミュウさんから『様』づけで呼ばれているところを見ると、バート王国でも身分の高い人なのか？

「ララベル様は……」

「タロウ殿、わたしを様づけで呼ぶ必要などないぞ。なにしろわたしは、『化け物王女』なのだからな」

「はあ……」

やはりこの人、かなり偉い人のようだ。

バート王国の王女様なのだから当然か。

それにしても、どうして一国の王女様がこんな砂漠の真ん中のオアシスでテント暮らしなんだ？

「ララベルさんは王女様……なんですよね？」

「一応な。兄からは嫌われ、この様《ざま》だがな」

「お兄さんですか？」

「タロウさん、ララベル様の兄君は、バート王国の王様なんですよ」

ララベルさんは、あの王様の妹なのか。

だとしたら、こんなオアシスで暮らしているのは……。

「御家《おいえ》騒動かなにかでしょうか？」

「それもまったくないとは言わないが、わたしは王女なので王位継承権などなく、兄の地位を脅かせるような存在ではない。ただ単に、わたしがとても醜いからなのだ」

先ほど顔に酷《ひど》い火傷を負ったと聞いた。それが原因で政略結婚の駒にも使えなくなったからか？

でも変だな。

この世界には治癒魔法があり、高度な治癒薬も存在していると聞く。

王女様ならそれらを用いて、簡単に元どおりに治せそうなのだが。

「表向きは、砂獣《さじゅう》の討伐において功績が大であり、その褒美として無人のオアシスを領地として与えられ、そこに向かったとされている」

しかし実情は、兄からいらないと判断され島流しに近い待遇となったというわけか。

お供はミュウさんだけで、二人以外誰もいないオアシスでのテント暮らしなのだから。

「このオアシスは、バート王国が把握している唯一の無人オアシスなのだ。どうして無人のままかといえば、ここはサンドウォームの巣に囲まれているのでな」

「それでは、他のオアシスなり人間の住む場所に移動するのは困難ですね」

ということは、私が乗っていた砂流船は、サンドウォームの巣を突っ切ってこのオアシスがあるエリアに入り込んだわけか。

それをした船長と船員たちは、用意していた小型の砂流船で逃げ出している。

つまり……。

「完全に仕組まれたのか……」

あの王様は、元々私をウォーターシティーに向かわせるつもりはなかった。

サンドウォームに食われて殺されることを願っていたのだ。

「タロウさん？」

「私も、お二人と同類というわけです」

私はいらない『変革者』だから、このオアシスに追放された？

いや、あの砂流船がサンドウォームの大群に襲われた様子から見て、私はそこで死ぬ予定だったのだろう。

でも、それならどうして一ヵ月も訓練させてわざわざ私のレベルを上げたのか？

「あの兄らしい。いつもやり口は陰湿なのに、どういうわけか外の目を異常に気にするのだから」

「ララベルさん、どういうことでしょうか？」

「と、ララベル様、ここは自分が。『変革者』は、この砂漠だらけの大地で砂獣相手に不利を強いられている人間の切り札なのです。ですが、五十年に一度しか召喚できず、さらに当たり外れもあると古い資料で読んだことがあります。裏技として、短い間隔で『変革者』を呼び出す方法が存在しますが、それには前回以上の膨大な魔力と、先に呼び出した『変革者』の死亡が必須条件となります」

つまり、すぐに新しい『変革者』を呼び出すため、私を死亡というかたちで処分しようとしたわけか。

代わりにミュウさんが答えてくれたので、彼女はララベルさんの参謀、知恵袋的な役割もしていると見ていいだろう。

「とはいえ、これは本当に裏技。本来、五十年間隔よりも短い期間で『変革者』を呼び出すことはタブーとされています。それに、今から準備してもあと五年はかかりますしね」

「五年って、長いですね」

それでも、五十年よりは圧倒的に短いのだろうけど。

「この世の定理に逆らって、別の世界から『変革者』を呼び寄せるのですから、当然膨大な魔力を召喚装置に溜《た》める必要があるのです。無理をしても五年はかかります」

なるほど。

ただ今回の『変革者』はハズレだから、すぐに新しい『変革者』を、という風にはいかないのか。

召喚に使用する装置に、膨大な魔力を溜める必要があると。

「人を召喚する装置があるんですね」

「地下遺跡からの発掘品です。このグレートデザートが砂漠だらけの世界になる前、大いに栄えた統一世界帝国があったとか。今よりも圧倒的に技術力に優れ、別の世界から様々な人や物を呼び寄せていたそうです。装置はその遺産ですね。現在、バート王国を含めて三ヵ国が装置を所有していると言われています」

「そんな装置が三台もですか……」

私のような犠牲者が、これからも出るというわけか。

「ですが、この装置、複数を同時稼働させると装置が共振してこの世界に悪影響があるので、三台は使用する時期をズラしています」

同時期に、二台以上稼働させると駄目なのか。

「ですが、バート王国が再び五年で装置を稼働させると影響があるのでは？」

「それが、三台の装置なんですけど、元の性能が大分違うそうで、残り二台の装置は数百年に一度しか動かせないそうです。ちょっと壊れているようなのですが、今の技術では直せないですからね」

「お詳しいですね」

古代にあった超文明の遺産なので、少し壊れているのを騙《だま》し騙し使っている感じか。

それにしても、ミュウさんは召喚に詳しいんだな。

ローブ姿だから、魔法使いってことでいいのかな？

「自分、父がバート王国の宮廷魔法使いなので。自分も魔法使いです」

「へえ、そうなんですか。魔法が使えるとは凄《すご》い」

私は一ヵ月の訓練で、魔法を習得できなかった。

サンドウォーム戦でレベルが上がって会得した『異次元倉庫』、これが魔法なのかどうかは判断がつかないけど。

「そうですか？　自分は魔法使いなので魔力に敏感なんですけど、タロウさんからはちょっとあり得ない量の魔力を感じますよ」

私には魔力があったのか……。

でも、王都にいた頃にはそんなことは一回も言われなかったな。

王都にいた間、ほぼ兵舎と外との往復だったのでそれほど多くの人たちと接したわけではないけど、あそこに魔法使いが一人もいないなんてあり得ないはず。

もしかして、『異次元倉庫』を会得した瞬間、一気に魔力が上がったとか？

砂流船には魔法使いは乗っていなかったはずで……もしいても、あの戦闘の最中で私にそれを指摘するどころではなかったのか。

「タロウさん、なにか魔法を使えますか？　ちなみに自分は、水の魔法が使えますけど」

水かぁ……。

水を生み出せるのであれば、この世界だと便利な魔法かもしれない。

そういえば、サンダー少佐が魔法の系統は『火』、『水』、『土』、『風』、『癒』、『魔』の六種類だって言っていたな。

彼は魔法を使えないと言っていたけど、魔力は魔法使い並みにあって身体能力は桁違いだと言っていた。

魔法が使えない魔力持ちは、レベルアップの恩恵と合わせ、常人を遥《はる》かに超える身体能力を発揮することができるそうだ。

ちなみに私は、レベルアップ補正のみの身体能力アップしかしていないようだけど。

「『異次元倉庫』を、レベルが上がったら覚えました」

隠すという手も考えたのだが、せっかく出会った彼女たちに不信感を持たれてもなと思い、私は正直に話した。

これからは、彼女たちと協力して生きていかなければならない可能性が高いからだ。

現時点で無理をしてウォーターシティーに行こうとしても、王様に消される危険性が出てきたというのもある。

あの王様のことなので、ウォーターシティーに到着した途端、暗殺者が待ち構えていても不思議はないからだ。

「おおっ！　レアですね！　『異次元倉庫』は、なぜか『癒』の系統、つまり治癒魔法の系統に入ります」

中に物を入れても劣化しない、食べ物が腐らないのは治癒魔法の影響だからか？

あくまでも推論だけど。

「そんなに貴重なのですか？」

「そうだな。魔法が使える人の中で百万人に一人といえば、その希少性もわかるというもの」

「へえ、そうなんですか。王都にいる時に会得しないでよかったですよ」

あの王様に、利用だけされそうだからな。

早くに『異次元倉庫』を会得していたら待遇が変わっていたかもしれないが、あの王様の本質が変わるわけではない。

極力関わり合いにならない方が、私にとっては幸せだろう。

「兄が嫌いなようですね」

「大変なのはわかるんですけどね……」

王位継承権はあったが、その可能性はないと思われて臣下たちから無視されていたのに、突然兄の急死で王位を継いだのだから。

若さもあり、どうにか家臣たちに舐《な》められないようにとあの言動なんだと思うが、被害を受ける方からすれば堪《たま》ったものではない。

　彼のある種の完璧主義、理想主義的な思考と、それなりに陰湿で手段を選ばないという矛盾した部分が、私には絶望的に合わなかった。

「わたしも嫌われていたのでわかる。なにしろ、わたしに『化け物王女』と名づけたのは兄なのだから。上がりやすいレベル、それに準じて増していく身体能力に、膨大な魔力でさらにそれを数十倍にもできる。男ならともかく、女の身でそうなのだから。『お前を嫁に出し、将来の夫君を殺されでもしたら困る』と言われ、このオアシスへ島流しされたのだ。お供はミュウのみで、彼女にも悪いことをしたと思っている」

「自分は別に不満もないですけどね。自分も父や兄たち、姉たちから嫌われていまして。なにしろ、この顔と形《なり》なので……」

　ララベルさんは、顔に酷い火傷があり、化け物のように強いから兄に疎まれた。

　ミュウさんは……『この顔と形なり』だから家族にも嫌われた？

　どういう意味なのだろう？

　政略結婚の駒としては、体の発育に問題があって子供が産めないと思われた？

　でも、そこまで彼女の体が未発達だとは思えない。

　ララベルさんは身長が百七十センチ近くあり、スタイルもいいが肉感的なので、彼女と比べれば体が貧弱かもしれないけど。

「どうかしましたか？　タロウさん。そういえば、あなたは自分を見ても、顔を背けたり、『そのブサイクな顔を見ると気分が悪くなる』って言いませんね？」

「えっ？」

正直、意味がわからなかった。

ミュウさんは、日本基準ならかなりの美少女なんだが、バート王国にはとても厳しい美女、美少女の基準とかあるのであろうか？

例えば、ミュウさんが九十点の美少女だとして、九十五点以下は全部ブサイク扱いとか？

町中を歩く人たちは千差万別で、平均すると普通だったと思う。

医者に注意されそうなレベルで太っている女性たちが多かったけど、それは王都在住なので食料が豊富だからだと思っていた。

「……ああっ！　そういうことか！」

地球でも、女性は太っていた方が魅力的だとされる国や地方もあった。

このグレートデザートでもそうなのか。

「そんなに無理して太らなくていいのでは？　せっかく綺麗《きれい》な顔で生まれたのだから」

「えっ？　本気で言っていますか？　それ」

突然、ミュウさんの機嫌が悪くなった。

私にバカにされたと思っているようだ。

「どうして怒るのですか？　私は正直に言っていますけど……」

今にして思うと、私は最初の召喚時と、一ヵ月後に他国に向かえという命令を受けた時のみしか城内に入れなかったが、城内のメイドはみんな太っていたな。

それも、ちょっと健康によくなさそうな太り方をしている人が多かった。

あと、綺麗な女性が一人もいなかった。

こういうと失礼かもしれないが、どちらかというとブス、ブサイク。

いや、それすら言い方が軽く感じられてしまうレベルの人たちが多かったのを思い出した。

「もしかして、バート王国って国家財政が危ういのですか？」

「タロウ殿、それはどういう意味なのだ？」

日本の江戸時代でも、八代将軍吉宗《よしむね》が大奥のリストラをした時、綺麗な女性はいくらでも嫁ぎ先があるので、そうでない人を残したなんて逸話が……。

『バート王国も、経費削減のためそうしたのかな？』と思ってしまったわけだ。

「あの兄が、そんなことをするほど情に厚いとは思えないな」

「ですよねぇ……」

それに関しては、ララベルさんと意見が一致した。

ただ無作為に人を切るだけだと思う。

「タロウさん、一ついいですか？」

「はい？」

「しゃがんで、そのまま動かないでください」

「はい」

ちょっと機嫌が悪かったミュウさんであったが、突然私にしゃがんでから動くなと言ってきたので、私は素直にそれに応じた。

彼女はなにをするつもりなのであろうか？

そう思っていたら、ミュウさんは私に顔を近づけてきた。

それにしても、近くで見ると余計綺麗な顔をしているな。

あと数年したら、かなりの美女になるはずだ。

「どうですか？『飢饉《ききん》の中で過ごした、痩せ腐れ小鹿』と呼ばれていたこの自分に顔を近づけられ、タロウさんは顔を逸《そ》らさずにいられるか……あれ？ 逸らさない」

ミュウさんのあだ名が、『飢饉の中で過ごした、痩せ腐れ小鹿』って……。

確かに彼女は目がつぶらで大きいから子鹿というのはわかるけど、この世界だと可愛らしいという意味が付属しないのか？

私は、愛らしい美少女だと思うのだが……。

あと、腐れはつける意味あるのだろうか？

なんの事情があってそんなあだ名をつけられたのか知らないが、私はとてもそんな風には思えなかった。

彼女と目を合わせていると、さらにその顔が近づき、ついにはほぼ距離がなくなっていた。

「ミュウさん、近づきすぎると逆に顔が見えないのでは？」

「そうでした！ では、これが最後の試練です！」

「試練ですか……」

この身はおっさんで、そういえば加奈《かな》の死以降、あまり女性とも縁がなかったが、一人の男としてこれほどの美少女と顔を近づけたのは何年ぶりか？

そんなことを考えていたら、突然彼女が目を瞑《つぶ》り、私の唇に自分の唇を合わせてきた。

「(えっ？　どうしてキスを？)」

私は、ミュウさんからいきなりキスをされてしまった。

私は美少女とキスできてラッキーとしか思わないが、未婚の女性が初対面でそんなことしていいのかと、心配になってしまった。

そんなところは、やっぱり私はおっさんなのだ。

「(しかし役得ではある。唇が柔らかいな。キスなんて、加奈としたキリか)」

一瞬、天国の加奈に『もう少しマシなシチュエーションでキスできないの？』と呆《あき》れられる光景が脳裏に浮かんでしまったが、私も年を取って狡《ずる》くなった。

それはそれ、これはこれと。

ミュウさんが唇を合わせたままなので、私はこの時間を大いに楽しむことにしたのだ。

それに、私が無理やりキスしたのなら問題であろうが、先にキスしてきたのはミュウさんの方だから。

「ええいっ！　もういいだろうが！」

私はそうやって暫《しばら》く、ミュウさんからの最後の試練だというキスを堪能していたが、それを見ていたララベルさんが、強引に私たちを二つに分けたので終わってしまった。

ちょっと……かなり残念な気分であった。

「ララベル様、タロウさんは凄いですよ！　自分が他の魔法使いの卵たちと魔法を習っていた時、女子から『男性とキスをしたい？　あんたとキスした男性は死ぬから。身も心も』って散々バカにされ、男子からも『1億ドルク貰《もら》っても無理！　なぜなら、お前とキスなんてしたら死ぬから』って言われた、壮絶ドブスの自分とキスしてなんともないんですから！」

「……」

ミュウさんの告白を聞き、私は言葉が出なかった。

この世界に来てから一ヵ月と少し。

私は、いまだこの世界のことをまったく理解していなかったことを知った。

そういえば、サンダー少佐と話をしたのは、この世界の地理、文化、砂獣などのことばかりで、女性の美醜の基準については話をしていなかったな。

まあ普通に考えて、そんな話をするような状況下にはなかったのだけど。

「ララベル様！　自分、ついに男性とキスしましたよ。いやあ、いいものですね。今度はもっとロマンチックにいきたいです……あたっ！」

こんなおっさん相手なのにもかかわらず、キスできてよほど嬉《うれ》しかったのか、ミュウさんがドヤ顔でララベルさんに自慢していたら、彼女の堪忍袋の緒が切れた。

ララベルさんの拳骨《げんこつ》が、ミュウさんの頭上に落下する。もの凄い音と共に。

よほど痛かったようでミュウさんが目に涙を浮かべていた。

「ララベル様、痛いですよ」

「ミュウ、わたしたちは嫁入り前の清らかな体。そのように、女性の方から男性と唇を合わせるなど、なんと下品な！」

さすがは王女様というべきか、ララベルさんは自分からキスをしたミュウさんを淑女ではないと叱《しか》りつけた。

なるほど。

いかに『化け物王女』と呼ばれていても、彼女は淑女であろうとしているのか。

その姿勢には好感が持てるな。

「仰《おっしゃ》っていることは理解できるんですけど、そんなものを守っていたら、ララベル様なんて男性と手も繋《つな》げないまま生涯を終えてしまいますよ。だって、前に『お前と手なんて繋いだら、ドブスが伝染《うつ》る』って、貴族のドラ息子から言われていたじゃないですか」

「えっ？　それって不敬罪じゃあ……」

王女様に貴族の子供がそんな物言いをして、王様が……。

「なにも言わない？」

「はい。陛下は、ララベル様なんていくら罵《ののし》ってもいいって言いますから。『目を逸らせば不敬罪、目を合わせれば脳が腐るドブス』ってフレーズが王城内で流行するくらいなので。別にララベル様から目を逸らしても、不敬罪にはならないんですけど、語呂がいいそうで」

王様はララベルさんの兄なのに、随分と酷い扱いなんだな。

あと、ミュウさんはもう少し言い方を抑えた方が……。

ララベルさんが、見てわかるほど落ち込んでいるじゃないか。

「でも、ララベルさんは強いんですよね？」

「ええ、バート王国でも一、二を争う強いハンターです。これまで、どれだけの砂獣を葬ってきたか」

「つまり、ララベルさんはバート王国の王都が砂獣に蹂躙《じゅうりん》されるのを防ぐのに貢献してきたわけだ。

命を懸けて守ってくれていた人に対して言っていい言葉ではないな。ララベルさんは、いくら容姿で罵られても、王様に追放されるまで懸命にバート王国を守ってきた。きっと心が美しいのだと私は思う」

多分私なら、王様に追放される前に逃げていたと思う。

いくら王様や貴族たちにドブスだと罵られても、ララベルさんは追放されるその日まで民たちを砂獣から守ってきた。

高貴なる者の義務と思ったのかもしれないが、それにしてもそう簡単にできることではない。

ララベルさんは、優しい人なのであろう。

「えっ！　どうして泣いているのですか？」

ふとララベルさんを見ると、彼女がつけている仮面の間から涙が零《こぼ》れていた。

若い女性を泣かせてしまうなんて、私はなにか失礼なことでも言ってしまったのだろうか？

「わたしは人からこんなに褒められたことがないので、ただ嬉しかったのだ」

この人、もの凄く尊敬されて当然な功績を挙げているんだが……。

「あの王様、どうしようもない奴だな」

若いとか、そういう問題以前に人間性に難があるのか。

関わらずに済んでよかった。

「実は……ララベル様と亡くなられた大兄王子様は、大兄王子様急死のあとに同じく亡くなられた先代陛下の正妻の子。今の陛下は第二夫人の子なので……」

異母兄妹《きょうだい》なのか。

それなら、仲が悪くても仕方がないのか。

「ララベル様、タロウさんなら大丈夫ですよ。その仮面を外しましょう」

「しかしだな……」

「えっ？　火傷が酷いのでは？」

「いえ、ララベル様の素顔を見ると、気分が悪くなると陛下が……貴族たちも同じようなことを」

いくら異母妹でも、それは言ってはいけないだろう。

いや、身内なら余計に言ってはいけないだろうに。

本当にどうしようもない王様だな。

「大丈夫ですよ。バート王国における『ドブスの双璧』と呼ばれた自分でも大丈夫なのですから」

『ドブスの双璧』って……。

ミュウさんと並び立つのは、間違いなくララベルさんのことなんだろうなと思う。

ということは、ララベルさんも私のいた世界基準では美人というわけか……。

日本でも、昔はお多福みたいな人が美人と言われていたようだし、時代や世界が変われば美人の基準も大きく変わるというやつなのであろうか？

それにしても、変すぎるというか極端すぎるというか……。

この年になって驚きの経験だ。

「(もし王様に気に入られて美女を与えると言われていたら……)」

私からすれば、かなり悲惨なことになっていたというわけか？

王様から嫌われていてよかった。

「さあ、ララベル様。勇気を出して」

「わかった」

ミュウさんに促され、ララベルさんは恐る恐る仮面を外した。

すると、こんな美女、地球では滅多にお目にかかれないというほどの美しい顔が現れた。

「もの凄い美人だな……」

「えっ？　本気で言っていますか？」

当然お世辞ではない。

ただ自然に、私はララベルさんの美しさを褒めていた。

ミュウさんが驚いているけど、彼女からすればララベルさんは壮絶ドブスなのか。

「美しいって、そんな嘘《うそ》を言わなくても……」

ララベルさんは私の発言をお世辞だと思ったようで、どうやら気分を悪くしてしまったようだ。

これまでずっとドブス扱いだったので、私から美人だと褒められても、やはり疑ってしまうのであろう。

「私は別の世界から来た『変革者』なので、綺麗な女性の判断基準がこの世界のそれとまったく違うのですが……」

どうして王城で働く女性たちに、残念な人が多いのか理解できた。

つまりこの世界の人間、とりあえずバート王国の人間は、まさに常識的な判断に基づき王城で働くのに相応《ふさわ》しい美女ばかりを集めていたわけだ。

「タロウ殿、それは本心なのか？」

「ここで嘘を言っても意味がないので。私の基準では、ララベルさんはもの凄い美人ですよ。私が元の世界であなたに出会っても、相手にされないのでは？　私は普通のおじさんなので」

商売に成功して大金持ちだった、とかならわからないけど……。

「ねっ、大丈夫でしょう？　ララベル様」

「いやしかし……このララベル・レスター・バート。生を受けてより二十二年。常に『ドブス！』、『バート王国の恥』、『他の国の者の前に顔を出すな！』などと言われてきたのだ。そう簡単には信じられないな」

「その気持ちはわかります」

からかわれていると思っているから、気分が悪いのだと思う。

しかし、この誤解をどう解くべきか……。

「自分のようにすればいいのでは？」

それはつまり、ララベルさんも私にキスをしてみればいいということか？

ミュウさんらしい大胆な発案だが、彼女がそれを受け入れるかな？

「ミュウ、なにをバカなことを」

ああ、やっぱりそうなるか。

「みっ、未婚の女子が、そっ、そんな初対面の殿方とだな……で、では、手っ、手を繋ぐというのはどうかな？　ううっ……」

そこまで言うと、ララベルさんは顔を真っ赤にさせながら俯《うつむ》いてしまった。

彼女、二十二歳みたいなことを言っていたが、残念ながら男性にまったく免疫がないようで、キスは恥ずかしいので手を繋いでほしいと言ってきた。

まるで少女のように恥ずかしがるララベルさんを見て、私はララベルさんのことを可愛らしいと思ってしまった。

「可愛いですね、ララベルさん」

「わっ、わたしが可愛い……嬉しい……」

「ララベル様！　ここは勇気を出しましょうよ！　このままだと、一生キスもできないで死にますよ！」

多分、ミュウさんの方がかなり年下のはずなんだが、彼女は年齢に似合わず大胆なところがあった。

この二人、一緒に島流しにされるくらいなので、いいコンビなのだと思う。

「でも、恥ずかしいから！」

「二十歳すぎた嫁《い》き遅れが、ここで踏ん張らないでどうするんです!?」

「誰が嫁き遅れかぁ――――！」

「ララベル様、ネックハンギングは駄目ですよ！」

このように中身はとても可愛らしいララベルさんであったが、唯一年齢のことだけは言ってはいけないらしい。

私への証明とやらは中止となり、ララベルさんにネックハンギングで吊《つ》るされたミュウさんを救出しなければならない羽目になった。

＊＊＊

「おほん、つい取り乱してしまったな。だがミュウも悪いのだ。自分がまだ十六歳だからといって、わたしを嫁き遅れ扱いするのだから」

「この世界って、二十二歳でも嫁き遅れ扱いなんですか？」

「そうですよ。タロウさんがいた世界ではどうなんです？」

「男女とも、二十二歳では結婚している人の方が少ないです」

「そうなんですか？」

「なるほど。世界が変われば常識も変わるんだな」

「ミュウさんは魔法使いなので文献など読んでいるかもしれないと思って聞きますけど、過去の『変革者』は伴侶にどんな人を選んだのですか？」

「そういえば、数百年前に他国で召喚した『変革者』の奥さんたちが、揃《そろ》いも揃ってドブスばかりだったと古い資料に……ああっ!?」

「えっ？　どうしました？」

「タロウさん、あなたは奥さんはいますか？」

「いませんけど……」

「やったぁ――――！　いただき！」

「ええっ！」

私に過去の『変革者』についで説明していたミュウさんであったが、突然私に抱き着いてきた。

なるほど。

昔の『変革者』の中にも、私と女性の美醜に関する基準が同じ人がいた。

むしろ、私の判断基準の方がメジャーなはずだ。

だから過去の『変革者』たちは、伴侶としてこの世界基準でいうところのドブスばかりを選んだわけか。

『変革者』本人からすれば美女ばかり伴侶に選んだことになるが、この世界の人たちからすれば彼らはブス専ということになるわけだ。

今、改めて思う。

なんだ？　この世界。

「そうですか。奥さんはいないんですか」

ただ、私には一つ気になることがあった。

それは、男性の美醜の基準が、私のいた世界と同じなのではないかということだ。

あの王様は、外見だけはイケメンだったし、王城にいる貴族たちにもイケメンは多かったからだ。

「ララベルさん？」

「ミュウ、なんと羨《うらや》ましい……」「ララベルさん？」

「なんだ？」

「王様の容姿って、客観的に見てどうですか？」

「わたしにとっては正直嫌な兄だが、亡くなった大兄様よりも顔はいいので、貴族の子女たちに人気はあるな」

やはり、男性の美醜に関しては、私がいた世界と同じ基準だ。

それなのに、女性の美醜の基準が逆。

ちょっと違和感があるな。

「タロウ殿、どうかしたのか？」

「いえね。私のいた世界では、男性の美醜の基準はこの世界と同じなのです。ちょっと変だなと思いまして」

「確かに、男女で正反対というのも変だな」

そういう風に考えられるララベルさんは、きっとあの王様よりも頭がよく、柔軟な思考を持っているのであろう。

正直なところ、統治者としての資質もあの王様より高いと思う。

「まあ、今はそれを探っている暇はないのですが」

「確かに。これからタロウ殿がどうするか、ちゃんと話をすることにしよう」

私はララベルさんに促され、ちゃんと話し合いをすべく、席……はないので、地面に腰を下ろした。

真正面にララベルさんが座り、ミュウさんは……私の隣に密着して座り、腕を組んできた。

こういう時の大胆さは、年下にもかかわらず、ミュウさんの方がララベルさんよりも上だな。

「ミュウ？」

「あっ、ララベル様はこのオアシスの領主です。客人を迎えるにあたって、その向かい側に座らないと」

「ミュウは？」

「全力でタロウさんを接待していますよ」

「嘘つけ！」

そのララベルさんのツッコミには同意見だ。

「なんと羨ましい……ではなかった。タロウ殿はこれからどうする？」

「ここに置いてもらえるならありがたいですけど、ご迷惑なら別のオアシスでも探すしかないですね」

ウォーターシティーを目指すのは、やめておいた方がいいだろう。

不自然にサンドウォームの巣に入り込んだ砂流船に、船長たちの脱出。

王様が新しい『変革者』を召喚できるよう、私を殺そうとしていたのだ。

ならば、バート王国の手が及ばない砂漠のオアシスに逃げ込むしかない。

「そういえば、ここはバート王国領扱いでしたね。となると私がここにいるとご迷惑ですか……」

島流し扱いとはいえ、二人の生活の邪魔をするのはよくないか。

ならば一晩だけ泊めてもらって、小型船で新しいオアシスを探すしかない。

「いや、迷惑ではないぞ！　ここにいてもらってまったく構わない」

「でも……王様になにか言われませんか？」

「その心配はないんだ。ミュウ」

「あっ、はい。地図ですね」

私と腕を組んでいたミュウさんであったが、ララベルさんに命令されると地図を取り出して私たちの前に広げた。

「ここがバート王国の王都で、ちょうど真北が港です。それで、かなり西にズレてこのオアシスですね」

砂流船は、わざと進路を西に外してサンドウォームの巣に突っ込んだようだ。

「このオアシスがこの位置です。王都からは大分遠いですし、名ばかり伯爵領で陛下は挨拶に来る必要はないと言っていました。だから、タロウさんがここにいても気がつかれないのですよ」

「それに、ここは強い砂獣も多いのだ」

ララベルさんの説明によると、このオアシスは砂獣の巣や群生地に二重に囲まれているそうだ。

「外側の輪が、タロウさんが乗った船を襲ったサンドウォームの巣です。こう。このオアシス周辺を円状に囲っています」

つまり、サンドウォームの巣を突っ切らないと、外に出られないわけか。

同時に、バート王国側もこのオアシスに来るには、サンドウォームの巣を抜けなければいけない。

挨拶に来なくてもいいというか、王都に行けない可能性もあるのか。

「自分とララベル様なら、簡単に突破できますけど」

「それはそうだ。あの兄が、わざわざわたしたちをこのオアシスまで送ってくれるわけがないのだから」

「どうやってここまで来たのです？」

「タロウさんと同じく、小型の砂流船でここまで来たのです。船は、内陸部に上げていますけど」

二人はその気になれば簡単にここから脱出できるけど、あえてそれをしないわけか。

「二重と言ったが、このオアシスを囲うサンドウォームの巣の内側には、『サンドスコーピオン』の群生地もあるのだ」

サンドスコーピオンとは、全長が十メートルを超える巨大なサソリであった。

その概要は、サンダー少佐から聞いている。

サンドウォームよりも強い砂獣で、その数も異常に多いそうだ。

「サンドスコーピオンは、オアシスの外側にいるサンドウォームを狩って餌にし、繁殖している」

ララベルさんが、地図を指差しながら解説してくれた。

このオアシスを中心に、直径十キロほどの円内がサンドスコーピオンの大量生息地だそうだ。

つまり、このオアシスはサンドスコーピオンの大量生息地にも囲まれていることになる。

「私、ここに来るまでによくサンドスコーピオンに襲われなかったな……」

運がよかったのであろうか？

「サンドスコーピオンの特性として、砂流船のようにスピードが速いものには手を出さないことが多いのです。自分たちもサンドスコーピオン狩りをする時には、小型の砂流船でポイントに移動してから、船を下りますしね」

この二人、いつもサンドスコーピオンを狩っているようで、その性質をよく知っていた。

「あっ、でも。サンドスコーピオンの餌は、サンドウォームですよね？　アレもかなり速く動きますけど……」

「それはですね。サンドウォームは短期間で増えすぎてしまうので、餌を確保できないサンドウォームたちが同士討ちをしたり、集団でサンドスコーピオンに襲いかかるんです」

同士討ちで出た死骸や、飢えて見境がつかなくなり無謀にもサンドスコーピオンに襲いかかったサンドウォームが、サンドスコーピオンの餌になるわけか。

「無視できない確率で、逆にサンドスコーピオンがサンドウォームの群れに食われることもありますけど」

この砂漠、弱肉強食すぎるだろう。

それに巻き込まれずにここに到着できてよかった。

「ここが襲われるということはないのですか？」

無事にここ到着できたが、そのあとサンドスコーピオンの群れに襲われたら意味がないからなぁ……。

弱い私は、移住も考えなければいけないだろう。

「大丈夫ですよ」

「でも、オアシスは砂獣に襲われるって……」

「砂獣は砂漠ではない場所を襲って、砂漠にしてしまう。と言われていますが、実はそれは正確ではないのです」

砂獣は、人間や家畜などがいる町やオアシスを襲うケースが多いそうだ。

人がいないオアシスなどは襲わず、そこの草木を食べるか、水を飲みに来る程度らしい。

一時的にオアシスの植物が減少しても、水がある限りオアシスに草木は生えてくるわけか。

「ここには自分たち二人しかいないので、たまにサンドスコーピオンが来る程度ですね」

「その程度なら、簡単に倒せるのでな」

ララベルさんとミュウさんほどの実力があれば、このオアシスは安全というわけだな。

「人が多いところは、常に砂獣たちが押し寄せます。だから、軍やハンターがいるんですけどね」

人が大量に住んでいる場所……つまり、王都などは砂獣に狙われやすいわけだ。

だから私も、王都に迫り来る大量の砂大トカゲを倒して訓練できたのだな。

「王都は運がいいといいますか、砂大トカゲの生息地と隣接しているので、ほぼ砂大トカゲしか襲ってきませんからね。だから、ララベル様と自分がお払い箱にされたのですけど……」

砂大トカゲは、最弱の砂獣だ。

ララベルさんとミュウさんがいなくても対応できるので、王様は嫌っている二人を島流しにしたのだと思われる。

「でも、百パーセント砂大トカゲしか来ないってこともありませんよね？」

「年に何度かは、強力な砂獣も来ますね。砂獣は、強い種ほど単独で放浪する癖がありますから」

つまり、砂大トカゲ、サンドウォーム、サンドスコーピオンは、それほど強い砂獣ではないということだ。

弱いから、集まって生活しなければすぐに強い砂獣に食われてしまうのだ。

「あのぉ……王都は大丈夫なのですか？」

「多分。自分たち以外にも、強いハンターや軍人は多いので。陛下は対応可能だと判断して、自分たちを島流しにしたのだと思いますよ」

「そうですよね。それに……」

もし今、王都を強力な砂獣が襲ったところでララベルさんとミュウさんが助けに行くのも不可能だし、砂獣のせいで王都が被害を受けたとしても、それは統治者であるあの王様の責任だからな。

自分たちを島流しにした王様に、手を貸す義理はないってのもあるか。

王都での二人の境遇を考えるに、もし王都が危機に陥ったとしても、助けに行かなければならない理由なんてないのだろう。

「救援の使者は来ないと思いますよ」

このオアシスの外縁部にある、サンドウォームの巣を突破しないと駄目だからなぁ……。

ということは、私も今の時点では脱出は困難なのか。

「どのみち、今の私がサンドウォームの巣を越えられるとは思えないので、ここに置いてもらうしかないです」

「それがいい。タロウ殿は命を大切にしなければな」

「このオアシスには自分たち二人しかいないので、遠慮は無用ですよ」

「お世話になります」

こうして私は、このオアシスでララベルさんとミュウさんと共に暮らすことになった。

＊＊＊

「随分と久しぶりに食べたが、パンとはこんなに美味《おい》しいものだったのだな」

「ララベル様、三ヵ月ぶりのパンですよ」

「あのぉ……二人は、普段なにを食べているのですか？」

「決まっている。狩ったサンドスコーピオンの肉だ！」

「お湯で茹《ゆ》でると、脚の中に入っているお肉が美味しいんですよ。お湯に塩を入れなくてもほんのりと身に塩気があるので、貴重な塩を使わなくて済みますし」

「他に料理などはしないのですか？」

「わたしはそういう教育を受けていないのでな。剣は得意だぞ」

「自分もです。水魔法は得意ですよ。火つけくらいなら火魔法も使えますから」

「……」


無事、オアシスに辿《たど》り着き、そこに住んでいた王女様とそのお付きの魔法使いの少女と共同生活を始めた私であったが、食事の時にパンを出したらとても感謝されてしまったのには驚きであった。

このパンも私が焼いたわけではなく、サンドウォームに破壊される前に砂流船のキッチンから回収してきたものなので、私も人のことは言えなかったのだが。

『異次元倉庫』のおかげで砂流船から持ち出した食材は腐らないが、このオアシスには農地や牧場はない。

水は豊富だが、食料はサンドスコーピオンのみ。

サンドスコーピオンの大量生息地を抜ければサンドウォームも手に入るが、私もララベルさんたちも、サンドウォームは食べたくないということで意見が一致した。

食べられないわけではないそうだが、できれば、これを食べなければいけないというところまで追い込まれたくないものだ。

「茹でたサンドスコーピオンの脚の肉ですよ。どうぞ」

「ありがとうございます」

早速試食してみるが、味はカニの肉とまったく同じであった。

日本人としては、実質カニが食べ放題なのはいいと思う。

カニしか食材がないと考えると、のちのち飽きてしまいそうだが。

「食事はこんなものだな」

それにしても、あの王様は鬼畜かなにかなのか？

王都防衛に功績があった妹と優秀な魔法使いを、貴族に降家させ、オアシスを領地として与えたという名目でここに島流しにしてしまうのだから。

しかもこのオアシス、まったく生活の拠点として整っていなかった。

幸いというか、ここはオアシスなので水は大量にある。

オアシスの中心部にある泉の水はとても綺麗で、水量も豊富であった。

飲料水には困らず、洗濯も泉があるので問題ない。

もっとも、私もこの二人も、ろくに服を持っていなかったのだが……。

船から持ち出した服が使えるかな？

お風呂は、泉で水浴びをすればいい。

ここは砂漠で暑いので、お湯でなくてもまったく問題なかった。

夜に水浴びをすると凍えると思うので、それをしなければ問題ないのか。

そして寝る場所だが……。

「私も、二人と同じテントでいいのですか？」

二人の住処《すみか》は、大きなテントであった。

キャンプで使うようなテントではなく、遊牧民族が使っているような頑丈なテントなのでそこまで酷いということはなかったが、問題なのは私もそこで寝るという現実であった。

「未婚のお嬢さんたちが寝ているテントに、男性である私が入るのはどうかと思うのですよ」

「タロウ殿が紳士的なのには好感が持てるが、外で寝ると寒いぞ」

「凍え死ぬ人もいますからね。砂漠の夜を舐めない方がいいですよ」

そうだった。

ここは砂漠なので、夜が異常に寒いのだった。

湿度が低いので、簡単に温度が下がってしまうんだよな。

地球の砂漠もそうだと聞くが、このグレートデザートは地球よりも海が狭いので、さらに寒暖の差が激しい。

夜に外で寝ると、私は凍え死にしてしまうかもしれないのだ。

「テントの中には『温熱機』もあるので、暖かいですよ」

「へえ、そのような便利なものがあるのですか」

兵舎に、そんな便利な暖房器具はなかったよな。

そのため、夜はかなり寒かった記憶がある。

王様が用意してくれなかったのかって？

そんなことは、私も期待していなかった。

「魔力を込めると、少しずつ熱に変換して外に放出するんです」

魔力を使う湯たんぽみたいなものかな？

「それに、自分たちはバート王国の双璧と言われたドブス二人なので、タロウさんも食指が動かないはずですよ」

「逆に、一緒のテントでタロウ殿が気分を悪くしないか心配なほどだ」

「ですから、私の女性に対する判断基準は逆なのですが……」

さっき説明したんだが、人間とはなかなかこれまでの習慣を変えられないものなのだな。

「むしろ、欲情した私が二人を襲わないという保証もないです」

アラフォーで、男性としては枯れている？

いや、現代日本のアラフォーはそんなことはないと思う。

加奈の死以降、女性とのお付き合いはないが、私も普通に男なので若い綺麗な女性に欲情することだってあるのだから。

「なに!?　このわたしが男性に襲われるだと！　兄から『そんなことがあったら、歴史に残る偉業だ！』と言われたこのわたしがか!?」

「ええっ!?　『お前になんて、我慢させたノラ犬ですら腰を振らない！』って兄たちに言われたのに!?」

「……」

私は思うのだが、あなたたちの家族、口が悪すぎると思う。

「おほん！　住居に関しては、のちに改善の余地があるかもしれない。今は緊急事態ということで、一緒でもいいとは思わないか？」

「そうですよ。もしそうなっても、全然アリというか大歓喜なので」

「そうだな、ミュウ。そういうことがあっても、それは運命というものだ」

「ですよね？　ララベル様」

「そうだとも。では、同じテントで寝るということで」

「……そうですね……」

「では、それで決まりだな」

「楽しみですね、ララベル様。男性と同じ部屋で寝られるんですよ」

「そうだな。兄から『お前と同じ部屋で寝る男は、死ぬかもしれない拷問を常に受けるのと同じくらいの苦行だな』と言われたこのわたしが」

「『朝、いきなり顔を見せると、男性がショック死するかもしれないな』と兄たちから言われたこの自分がですよ」

「……」

船から持ち出した荷の中にテントはなく、外で寝て凍え死ぬのもどうかと思うので、私は彼女たちのテントで寝泊まりすることになった。

それにしても、この二人。

自虐にも程があるだろう。

第五話　三人での生活の始まり

「これが竈《かまど》ですか。燃料は薪《まき》でしょうか？」

「いえ。薪を拾うのは面倒なので、この円形の板に魔力を流すんです。すると高熱が出て煮炊きが可能になります」

「便利ですね」

「魔力がある人か、そういう人を雇えないと『魔力加熱器』は使えませんけどね。これ自体も、実は結構高価なので」


寝る場所が決まり、夕方になったので夕食を作ることにした。

二人に任せてもいいのだが、そうするとまた茹《ゆ》でたサンドスコーピオンの脚の身しか出てこないので、私が調理を担当することにする。

テントの傍《そば》に石で竈が組まれていて、薪を燃やすのではなく、灰色の円形板の上に鍋を置くと電熱調理器のように調理可能になったのには驚かされた。

兵舎にいた頃は調理された食事をとるだけだったし、たまにサンダー少佐から外食をご馳走《ちそう》になったくらいなので、この世界の調理器具に詳しくなかったのだ。

魔力を込める必要があるそうだが、電熱調理器みたいなものなので、薪を燃やすよりは効率的でいいと思う。

「火力の調整は難しいですね」

「そういう機能がつくと高いですね。鍋を持ち上げて加熱具合を調整するわけです。自分はそんな面倒なことしませんけど」

ミュウさんの場合、サンドスコーピオンの脚を茹でるだけなので、火力に気を使う必要なんてないのか。

言ってみれば、ただ沸騰させた湯で茹でるだけだからな。

そして、ララベルさんはそれすらしていないという……。

王女様だから仕方がないのかな？

「タロウさんは、料理ができるのですか？」

「元いた世界の基準で人並みには。この世界に来てからは、まったく料理をしていませんでしたけど」

加奈《かな》の死後、一人暮らしだった私は自炊して生活してきた。

それほど上手とはいえないが、日々の生活に困らないくらいは料理ができたのだ。

「今日は私に任せてください」

これからお世話になるので、今夜の夕食は私が作ることにした。

とはいえ、そんなに凝った料理はしない。

船から持ち出したパンに、野菜でサラダを作り、砂大トカゲの肉があったので切り分け、塩や香辛料をまぶしてステーキ風に焼く。

付け合わせの野菜を炒め、ジャガイモに似たイモを蒸《ふ》かし、スープはサンドスコーピオンの脚の身に、砂大トカゲの卵を溶いたものを入れてカニかき玉風スープも作った。

この世界は調味料が少ないので、私の腕だとこの辺が限界かな。

「うわぁ、美味《おい》しそうですね。久々に、二品以上料理がありますよ」

「本当だな。しかも、サンドスコーピオンに茹でる以外の調理方法があったとは驚きだ」

「ララベル様、焼くという調理方法もありますよ。そんなに味は違わないですけど」

「それもそうだったな」

「……」

私の料理の腕前など凡人レベルなので、ミュウさんに褒められると気恥ずかしい気分になってしまった。

品数については、これまで二人はサンドスコーピオンの脚の身を茹でたものしか食べていなかったから、それと比べるのはどうかと思ってしまったが。

「タロウ殿は料理も上手なのだな」

そんなことはないと思うのだけど、美女から褒められると悪い気分がしないのは確かであった。

「では、いただきましょうか」

三人で夕食を食べ始めるが、さすがは育ちのいいお嬢様たち。

上品に食べていた。

王女であったララベルさんは勿論《もちろん》、ミュウさんも貴族の生まれなので、マナー教育をちゃんと受けているようだ。

むしろ、先祖がなんちゃって武士だった私の方が、食事のマナーは怪しいかもしれない。

「久々に品数が多く、この砂大トカゲの肉も久しぶりだな」

「ええ、砂大トカゲのお肉はさっぱりしていていいですね」

砂大トカゲは、砂獣《さじゅう》の中で一番弱いが数も多い。

その肉は、王族から庶民にまで広く親しまれていた。

私も毎日食べていたが、鶏肉の味にそっくりだと思う。

多分、鶏肉だと言われて出されたら誰も疑わないであろう。

「久々に生のお野菜を食べましたね、ララベル様」

「そうだな」

このオアシスに畑はないが、食べられそうな野草は……探さなかったのであろうか？

「自分たち、食べられる野草とかよくわからないのですよ」

「そうだな。ここで変なものを食べてお腹を壊すと危ないのでな」

その言い分はわかるけど、毎日サンドスコーピオンの脚の身だけでは栄養のバランスが悪いと思う。

その前に、私なら飽きるであろう。

自分で料理をすれば……この二人、よくも悪くもお嬢様育ちなので、そういう発想に至らなかったようだ。

「スープも美味しいですね」

「サンドスコーピオンの脚の身をこのように料理できるとは。タロウ殿は凄《すご》いな」

そうかな？

サンドスコーピオンの脚の身がカニに似ていたから、カニかき玉スープ風にしてみただけなんだが。

出汁《だし》がないので、サンドスコーピオンの脚の身頼りだから旨味《うまみ》は薄いけど、まともな料理が久しぶりの二人は、美味しそうにスープを飲んでいた。

「久々のご馳走、堪能させてもらった」

「美味しかったですね」

「料理の腕は普通だと言っていたが、上手ではないか」

どこに基準を置くかなのだが、この三人の中では私は料理が上手な方なのか。

「褒めていただいて光栄です。ところで、私はここにお世話になる身なので、食事の支度は私がしましょうか？」

それもあるけど、この二人に任せると、毎食サンドスコーピオンの脚の身を茹でたものになってしまうからだ。

それなら、自分で料理した方がまともな食事をとれるというものだ。

「ぜひお願いしたいな」

「大歓迎です。食事はいつも自分が用意するんですけど、サンドスコーピオンの脚の身を茹でたものばかりになってしまうのです」

これまで、食事の支度はミュウさんのみがやっていたということか。

ララベルさんは王女だから、そんなことはできないのか。

「ララベルさんは王女様ですからね」

「元ですけどね。今のララベル様は降家したので伯爵ですから」

そういえば、このオアシスを領地に貰《もら》う代わりに王家から籍を抜いた、いや抜かれたのだった。

それでも伯爵様だから、自分で料理なんてしないと思うけど。

「前に、ララベル様が自分でやると言ったのでお任せしたのですが、生煮えだったり、茹ですぎてパサパサになったり。そんなわけで、自分がやっています」

「不器用で、すまんな」

とても美しいララベルさんだが、残念ながらメシマズのようであった。

「では、寝ましょうか」

「ここにはなんの娯楽もないので、夜になったら寝るに限りますよ」

夕食が終わって夜になると、すぐに就寝の時間となった。

当然このオアシスに街灯などなく、魔力で光る『魔力ランプ』はあるが、もしもに備えて魔力は節約したいところ。

自然と、暗くなったら就寝するようになったようだ。

その代わり、日が昇ったのと同時に活動を開始する。

早寝早起きで、日本にいたらあり得ないほど健康的な生活だな。

砂獣が襲ってくるかもしれないという点を除けばだけど。

「誰か、見張りに立たなくていいのですか？」

「心配ないですから」

確か砂獣は、人が少ないオアシスを襲撃する可能性が低い、だったか？

「サンドスコーピオンは夜も活動するんですけど、サンドウォームは夜目が利かないので夜はあまり動かないのです」

つまり夜は、サンドスコーピオンがサンドウォームを襲いに行く時間なので、逆に安全というわけか……。

私たち三人の肉なんて大した量でもないので、夜動けないサンドウォームの方が栄養効率はいいのだろうな。

「でも、万が一ってこともあるので、それに備えないのですか？」

「それについては抜かりなく。自分が、侵入者を探知する装置をこのオアシスの外縁に張り巡らせていますよ」

そんな便利な装置があるのか。

ミュウさんが張り巡らせたということは、魔力で動く装置なのであろうが。

「これも念のためですね」

「実はここに来たばかりの頃、毎晩少数ながらサンドスコーピオンの襲撃はあったのだ。よほどわたしたちが美味しそうに見えたらしい。だが、一週間ほど毎晩攻め寄せるサンドスコーピオンたちを殺し続けていたら、奴ら警戒して来なくなってしまったな」

「この辺のサンドスコーピオンたちは学習してしまったようですね。サンドウォームの方が安全に食べられるって」

それでも最初は襲撃されたのか。

サンドスコーピオンたちが恐れて来なくなるとは、私はこの二人の実力に驚くしかなかった。

「タロウさん、テントの中は暖かいでしょう？」

「そうですね」

テントの真ん中に置かれた温熱機だが、直径は五十センチほど、半円形でボール状の石らしきものでできていた。

魔力を補充すると時間をかけてゆっくりと熱を出すそうで、テントの中は思った以上に暖かかった。

「稼働時間はどの程度なのですか？」

「半日ってところですね」

「停止させる機能などはあるのですか？」

「いえ、そこまで複雑な機能はないです。魔力を満タンに入れて半日くらいなので、稼働時間を減らすには、込める魔力の量を調整しないといけないのです」

日中の砂漠は暑いので、魔力量の調整にしくじると悲惨だな。

そうか、だから朝が早いってのもあるのか。

暑くなるから、テントの外に出るしかないと。

「自分も気をつけているのですが、魔力量の微調整は難しいのですよ」

「なるほど」

これも、明日からは私がやった方がいいのかな？

魔力は多いと言われたし、込める魔力量の調整とか、そういう難しいことをやっていれば私も魔法を覚えられるかもしれない。

「明日から本格的に動くということで、今日はもう寝ましょうか」

「そうだな。明日もまた暑い」

「ララベル様、早いの間違いでは？」

「同じことではないか。ここは暑い」

「王都も暑かったですけどね」

幸い、テントの中は思った以上に広く、三人でひしめいて寝ないで済んだのはよかった。

寝具は、敷き布団代わりの毛布と掛け布団代わりの毛布で……毛布二枚だけど、これは船から失敬してきたものだ。

ララベルさんとミュウさんは人数分以上の寝具を持っていなかったので、ちゃんと船から拝借してきてよかった。

当然、枕もである。

私たち三人は、なぜか私が真ん中に入って川の字になって寝ることになった。

ここの領主であるララベルさんが真ん中ではないようだ。

「寝具も持ち出していたんですか」

「ええ、気がついてよかったですよ」

「寝具がなかったとしても、同じ毛布にくるまって寝ればいいのですよ」

「いやあ、さすがにそれは……」

今日出会ったばかりの男女が、同じ毛布にくるまって寝るってどうなんだろう？

私たち以外誰もいないので、別に批判などされないけど。

それにしても、ミュウさんの方が図太いというか、積極的な性格をしているようだな。

「砂漠の夜を舐《な》めてはいけませんからね。寒かったらいつでもどうぞ」

「はい」

しかし、人並みに性欲があるおっさんを誘惑するとは。

少女なのでそういうことに無防備なのであろうが、もしそういう関係になるにしても、もう少し流れを考えてほしいと思うのは、私が年を取った証拠なのであろうか？

「ミュウ、そういうはしたない女性は男性に嫌われるぞ」

とここで、ララベルさんがミュウさんに釘《くぎ》を刺してくれた。

さすがは大人の女性……。

「どのみちタロウ殿はここから逃げ出せないのだ。焦る必要はない」

「それもそうですね」

「……」

拝啓、天国にいる加奈。

この世界に来て、初めて貞操の危機を感じました。

今はなにも考えず、明日に備えて寝ることにします。

＊＊＊

「明るい、もう朝か……暑くなってきたな……」

砂漠のオアシスにおいて、美女と美少女との同居生活が始まった。

明るくなったので目が覚めると、すでに少し暑かった。

夜は寒かったが、日が昇っている間はまた暑い砂漠の生活が始まるのだ。

「朝食でも作るかな」

残念ながら、同居人二人の家事能力はゼロに近いので、私が朝食を作ることにする。

寝床から起き上がろうとした瞬間、私は自分の体が重たいことに気がついた。

「色々とあったから、疲労が溜《た》まっている？　寒暖の差が激しくて、風邪でも引いたか？　いや！」

急ぎ掛け布団代わりの毛布を剥《は》がすと、私の胸の上には気持ちよさそうに寝ているミュウさんの顔があった。

どうやら、昨晩のうちに入り込まれたようだ。

「世界が変わっても、こういう大胆な少女はいるのだな」

これが若造なら動揺したかもしれないが、私は少し枯れたおっさん。

この程度のことで驚きはしない……朝の生理現象がある以外は……。

「ミュウさん？　朝ですよ」

そっと寝ている彼女に声をかけると、ハンターとしての職業柄なのか、彼女はすぐに目を覚ました。

「おはようございます、タロウさん。昨晩は寒かったので、つい潜り込んでしまいました」

「そうですか」

別に、私がいない時とテントの温度条件は変わっていないような……。

以前から温熱機があるのだから。

でも、ミュウさんが寒がりで、実はララベルさんと一緒に寝ていたとか？

それなら、私がミュウさんの隣になったので、寝ぼけて入り込んだということも……。

「ミュウ、どさくさに紛れてなんと羨《うらや》ましいことを」

気がついたら、ララベルさんが私たちを見下ろしていた。

それはいいのだが、とにかく彼女の大きな胸が気になってしょうがない。

鎧《よろい》の上からでも大きいと思っていたが、鎧を外すと余計に大きく見えるな。

しかも、下着も着けずにスケスケの寝間着を着ているので、透けて見えてしまいそうだ。

「ララベルさん。その寝間着ですけど、もっとちゃんとしたやつはないんですか？」

「これは、王都でも高級なお店の品だぞ。どうせ似合わないと悪口を言うくせに、兄たちは王女なのだから、こういう高価なものを着ろとうるさいのだ」

砂漠のオアシスで、スケスケの高級ネグリジェを着ている王女様。

ちょっとシュールではある。

「あれ？　ララベル様は、普段普通のシャツとズボンしか着ないじゃないですか。というか、昨晩寝る前はその格好でしたよね？」

「そうか？　ミュウの気のせいだろう」

「いやいやいや、そのお負ネグリジェは、『どうせお前に着る機会など永遠にないが、くれてやる』と陛下より贈られたもので、ララベル様は嫌がって着なかったではないですか」

そんなに嫌いなら、妹にネグリジェなんてやらなければいいのに。

よく理解できない王様だな。

もしかして、『たまに猫を可愛《かわい》がって、意外といい人だと思われる不良』的なものを狙っていたとか？

「そんなスケスケのネグリジェで、タロウさんにアピールですか？　前に、ある貴族のバカ息子から『凸凹《でこぼこ》コブガエルの背中みたい』と言われたそのスタイルで！」

「ううっ！　それを『飢え死に寸前の野良犬のお腹』と、同じ貴族のバカ息子から言われたミュウがわたしに言うのか？」

「ララベル様、それはお互い言いっこなしですよ！」

「ミュウが先に言ったんだろうが！」

ララベルさんは、出るところが出ていて、引っ込んでいるところは引っ込んでいるスーパーメリハリボディーなのだが、王城のメイドたちを思い出すと、バスト100、ウエスト100、ヒップ100みたいな人が多かった。

昔の日本でも、ふくよかな女性がもてはやされた時代があった。今も地球のとある地域ではそうだ。

精神衛生上、それと同じだということにしておこうと思う。

ちょっと私の好みとは合わないけど……。

要するにこの世界の基準で言うと、ララベルさんのメリハリボディーは、背中が大きなコブで凸凹の、凸凹コブガエルみたいだとバカにされてしまうのだ。

ミュウさんは年齢相応のスタイルだと思うが、それはあくまでも日本基準でのこと。

この世界では、痩せすぎで、飢え死に寸前でお腹にアバラ骨が出ている野良犬みたいだと言われたことがあるようだ。

「二人とも、落ち着いてください」

「タロウ殿、貴殿の世界ではどうなのですか？」

「自分もそれを聞きたいです」

「ええとですね……」

ちょっと詳しい内容は恥ずかしくて言えないけど、私は王城にいたふくよかすぎた女性たちは好みではなく、二人のようなスタイルの方が好みだと懸命に説明する羽目になった。

それも恥ずかしかったが、ミュウさんは勝手に私の毛布に入り込んでこないでほしい。

なぜなら、この年でまるで若者みたいに朝の生理現象に襲われてしまったのだから。

この世界に来て体を鍛えた結果、私は体が若返ったのかな？

「では、これからのことについてだが」

「おおっ！　急に真面目ですね」

「ミュウ、わたしは常に真面目なのだ」

「真面目な人は、タロウさんをスケスケネグリジェで誘惑しないと思います」

「真面目に誘惑したんだ」

「……（真面目に誘惑って……）」

朝食は砂大トカゲの肉と野菜を入れたスープに、まだ残っているパンで簡単に済ませ、そのあとララベルさんにこれからの方針について聞いた。

ここで厄介になるのはいいが、働かざる者食うべからずは世界共通。

この世界に社会保障なんてものは存在せず、役立たずは野垂れ死になので、私はなにをすればいいのか聞くことにしたのだ。

なぜなら、ララベルさんがこのオアシスの領主だからだ。

「タロウさんは、料理ができます」

家事の類《たぐい》は、一人暮らしが長いので普通にできる。

二人の腕前が残念なので、料理は私の担当ということに自然と決まり、掃除も交代でテントのゴミを取るくらい。

洗濯は、私は自分の分は自分で、ララベルさんとミュウさんの分はミュウさんが纏《まと》めてするので、あとはなにをするかということだな。

「ちなみに、ララベルさんたちがここに来ていかほどでしょうか?」

「三ヵ月ほどかな」

私がこの世界に召喚される二ヵ月ほど前なのか。

「その間、ここでなにかお仕事でも?」

その割には、このオアシスは人間が住みやすいように整備されていないというか……。

テントを張って、竈を組んだくらいか?

「時間はあり余っているのでな。砂獣を、主にサンドスコーピオンを狩っていたな。ミュウと」

「レベルも結構上がりましたよね」

「そうだな」

「はあ……」

この二人、王様にここに島流しにされて本当は可哀想《かわいそう》なんだけど、全然こたえているように見えないんだよな。

王都のようにドブスと言われないし、二人とも体も頑健で、育ちがいいのにこの実質野宿生活を苦にしていない。

これもレベルアップの恩恵なのか？

素の性格がポジティブなのに、自分の容姿については随分とネガティブで……まあ、若い人は心が不安定になりやすいのだと思うことにしよう。

「こんな厳しい環境なので、レベルは高い方がいいだろう」

「その意見には賛同します」

「タロウ殿は、まだちょっとレベルが低いかな？」

「あの……わかるのですか？」

手の平に表示されるレベルって、自分にしか見えないものだと聞いていたのだが……。

「昨日、タロウ殿はわたしたちに『異次元倉庫』のことを教えてくれた。普通、レベルだけでなく特技も隠すのが習慣でな。王都で修行していた頃に特技を習得していたら、指導役の軍人からそう教わっていたはずだ」

確かに、あのサンダー少佐なら『隠せよ』と教えてくれたはずだ。

「そんな気がしていました」

「貴殿は思慮深いので、言わなくても仕方がないと思っていたが、昨日ちゃんと教えてくれた。それは、わたしたちとここで生活することを覚悟していたから、仲間に隠し事はよくないと思っていた。違うかな？」

「いえ、ララベルさんの仰《おっしゃ》るとおりです」

「ならば、わたしの特技を教えるのが筋というもの。私は、『剣聖』と『レベルサーチ』を覚えている」

「『剣聖』とは、『剣技』よりも上ということでしょうか？」

「そうなるな。『剣技』、『剣聖』、『剣神』の順で上がるそうだが、『剣神』は千年に一人出ればいいくらいらしい。『剣聖』でも、『剣技』持ちの中から、百万人に一人と言われているので貴重ではあるな」

「『剣技』持ちは、武器扱い特技の中で一番多いですね」

別に『剣技』がなくても剣は使えるが、やはり『剣技』持ちには及ばない。

『剣聖』ともなれば、とんでもない剣の達人というわけか。

本当に、どうして王様はララベルさんをここに島流しにしたんだ？

「私はそんなに強くないので、ララベルさんが羨ましいですね」

華麗に剣を振るう。男なら、一度は憧れるシチュエーションだ。

残念ながら私に剣の才能はなく、だからリーチが長い槍《やり》を武器にしていたのだから。

ちなみに、『槍術《そうじゅつ》』も持っていなかった。

「『レベルサーチ』は、他人のレベルがわかるんですよね？」

前にサンダー少佐から聞いたことがあるスキルで、かなり珍しいと聞いている。

レアなスキルを二つ持っているのは凄い。

「そうだ。タロウ殿は、今レベル１２３だな」

「当たってます」

相手のレベルを見抜けるのか。

知らないよりは、圧倒的に有利だよな。

「レベルがわかれば、少なくとも油断はしませんか」

「それはありがたいことだな。ただ、言うほど便利な特技ではない」

なぜ相手のレベルがわかるのに、それほど便利ではないのか。

それは、個々人のレベルの上がり方と、成長度がてんでバラバラだからだ。

とあるレベル１００の人よりも、とあるレベル10の人の方が強いなんてことがザラにあった。

「基本的に、レベルが高い人は手強《てごわ》いですけどね」

「そこまで努力しているからですか」

「ええ、そういう人は油断なりませんよ」

でも、貴族や金持ちがレベリングだけで高レベルになることもありそうな気がする。

「共に厄介なのは同じです。王族や貴族は、基本的に基礎能力に優れた人が多いですから」

そういう血筋同士で婚姻を重ねているから当然か。

その才能に胡坐《あぐら》をかき、安易なレベリングを繰り返して実戦経験皆無の貴族やその子弟は多いそうだけど。

「目安にはなるな。しかし、この世界に来てわずか一ヵ月でレベル１２３は驚異的だな」

残念ながら、実戦経験は砂大トカゲと、サンドウォームのみだけど。

「一人で複数のサンドウォームを倒せるハンターは、ハンターの中でも百人に一人くらいですよ。大半は砂大トカゲ専門なので。タロウさんはさすが『変革者』ですね」

一般ハンターよりは凄いのだろうけど、『変革者』としては才能不足なのだと思う。

だから王様に殺されかけたのだろう。

自分でも、そんなに強いとは思っていないのは確かだ。

なにしろ私は、この世界に来るまで荒事とは無縁な人生を送ってきたのだから。

「私は、サンドスコーピオンと戦えそうですか？」

「どうだろう？　レベル的には大丈夫だと思う。が、しかし……」

私の成長度が悪かった場合、今のレベルだとサンドスコーピオンに勝てない可能性もあるわけか。

「よし！　レベリングだ！」

「レベリングですか」

王都に続き、ここでもレベリングかぁ……。

「試しに、タロウ殿をサンドスコーピオンと戦わせてみるという方法もあるのだが、万が一のことがあると危険だ」

「命は一つですからね」

少し過保護のような気もしなくもないが……。

しかも私はいい年のおっさんなので、味噌《みそ》っかすにされるとモヤモヤするな。

「人間、死ねば終わりなのだ」

「ある程度レベルが上がってから戦ってみた方がいいですよ」

「それはありがたいのですけど……」

私には、大きな欠点がある。

それは、私と同じパーティに入ると、倒した砂獣が消えてしまい、素材が獲《と》れなくなってしまうこと。

次に、砂獣を倒すと得られる神貨《しんか》も得られないということだ。

同じパーティにならなければレベリングはできず、同じパーティになると倒した砂獣の素材と得られるはずの神貨がゼロになってしまう。

ハンターとして、こんな迷惑な奴もいないと思う。

私は二人に事情を説明した。

「なるほど。砂獣を倒すと消えてしまい、素材も神貨も得られないと」

「資料を見た限り、これまでの『変革者』にいない特性ですね」

どうやら、あのようなことが起こる『変革者』は私だけのようだ。

「というわけなので、せっかく素材や神貨のために討伐を続けている二人に悪いかなと思う次第で」

せっかく砂獣を倒しても、報酬がゼロなのは辛《つら》いはず。

特にこんなオアシスに住んでいるのだから、神貨は貯《た》めておいた方がいいはずだ。

「タロウ殿、別に気にする必要はないぞ」

「そうですね。最初の一匹だけ普通に倒してしまえば、あとは別に素材も神貨もいらないですよね？　ララベル様」

「そうだな」

「でも、この状況じゃないですか」

他に誰もいないオアシスでの生活だからこそ、万が一に備えて蓄えを怠らない。

それが危機管理だと思うのだけど。

「とは言うがな。ここにいるとお金なんて使わないぞ」

「行商人も来ないですし、自分たちがここを出ると陛下がいい顔をしないでしょうから」

「素材もな。タロウ殿みたいに『異次元倉庫』があるわけではないので、たまに一匹持ち帰れば食べるに十分なのだ」

「レベルは上がりますしね。死んだサンドスコーピオンは、他のサンドスコーピオンたちの餌になるので、別に無駄ではないですよ」

「というわけなので気にするな」

「いざ行かん！　レベリングへ！」

「（もの凄くポジティブな二人だなぁ……容姿に関わること以外は……）」

私は、このオアシスに置かれていたララベルさん所有の小型の砂流船に乗せられ、サンドスコーピオンの大量生息地へと向かうのであった。

＊＊＊

「まずは一匹！　これだけあれば、暫《しばら》く食料に困らないであろう」

「タロウさんの『異次元倉庫』があれば、無駄に腐らせることもないですしね」

私たちは小型の砂流船に乗り、サンドウォームの巣の内側、サンドスコーピオンの大量生息地へと到着した。

まずは私とパーティを組まず、船から颯爽《さっそう》と飛び降りたララベルさんが剣を振るって一匹のサンドスコーピオンを斬り捨てた。

その剣の動きは私には見えず、ただその速さに驚くばかりであった。

「手元がぜんぜん見えなかった。ララベルさんは凄いですね」

美人が剣を振るうと絵になるものだ。

そして度肝を抜く強さ。

間違いなく、サンダー少佐よりも強いはずだ。

私などとは比べものにならないであろう。

彼女が斬り捨てたサンドスコーピオンは食料にするため、私が『異次元倉庫』にしまった。

これまでは、保存が難しいのでほとんどの身を腐らせていたそうだが、これからは効率よく食材を使えるはずだ。

神貨も同様で、袋には5万ドルクが入っていた。

かなりの大金だが、確かにここにいるとお金なんて使わない。

貯まる一方というわけだ。

「では、レベリングを開始する。『パーティ』」

「「『パーティ』」」

これで三人はパーティとなり、早速レベリングを開始する。

「はっ！」

「『アイスランス』！」

すでに二人は、サンドスコーピオンを効率よく狩る方法を完全に習得していた。

ララベルさんが、砂に足が沈まないよう高速で移動を続けながら、まるで踊るようにサンドスコーピオンを次々と斬り捨てていく。

船に残ったミュウさんは、魔法で氷の槍を大量に作り出し、それをサンドスコーピオンの頭上から落として急所を一撃して倒す。

私とパーティを組んだので、死んだサンドスコーピオンは次々と消滅していく。

神貨も落ちてこないのは、これまでとまったく一緒であった。

「本当に、倒した砂獣は消えてしまうのだな」

「実際に見ると驚きです」

「得られるものがなくてすみません」

完全な無料働《ただばたら》きなので、私は二人に申し訳がなかった。

サンダー少佐の時も同じ風に感じたので、私はレベリングが苦手になっていた。

日本人的な小市民のため、申し訳なさを感じてしまうからだ。

「レベルは上がるから問題あるまい」

「サンドスコーピオンの身と殻を得ても、売りに行けませんからね。別にいらないですよ」

「むしろ、消えてくれるので討伐がしやすいな」

「いつもなら、倒したサンドスコーピオンたちが邪魔で移動しますからね」

二人は、討伐の効率が上がったことをとても喜んでいた。

もしかして、レベルアップに喜びを見出《みいだ》しているのであろうか？

いわゆるレベルジャンキーというやつか？

会社の同僚で、貯金が趣味で通帳の数字が増えることに喜びを見出していた人がいたが、二人はレベルが上がるのが楽しいのかもしれない。

食料は食べるだけあればいいし、神貨をいくら貯めてもオアシスだと買い物ができないから、そんなにいらないというわけか。

「どんどん来い！」

「タロウさんは後ろで、私たちを守っていてくださいね」

「はい（守れって言われてもなぁ……二人の方が圧倒的に強いからなぁ……）」

とはいえ、今の私が前に出ても戦闘で役に立てる保証もなく、ミュウさんに言われたとおり、夕方まで二人の討伐という名のサンドスコーピオンの大量虐殺を見守って、その日の活動を終えるのであった。

＊＊＊

「タロウ殿、レベルはどうだ？」

「今、レベル１９９ですね。あと一つで、レベル２００になります」

「教えてくれるのはありがたいが、いいのか？」

「ララベルさんに隠すことでもないような気もしますしね。それよりも、そろそろサンドスコーピオンを倒せるかどうか試してみたいです」

「万が一ということもあるので、レベル２００まで待った方がいいと思うな」


ララベルさんとミュウさんの砂獣討伐に同行して二週間ほど。

私のレベルは、ここに来た時から70以上も上がっていた。

随分と早いペース……実はそれすらわからない。

なぜなら、この世界の人たちは他人に自分のレベルを教えたがらないからだ。

昔からそういう習慣らしいが、もし他人にレベルを知られて相手よりも圧倒的に低いと、レベルが上がるまでその人の風下に立たなければいけない。

レベルが高い人は、レベルが低い人を見下しがちだった頃の名残りだという説を、サンダー少佐から聞いたことがあった。

そういえば、サンダー少佐も私にレベルを聞かなかったな。

金でレベリングしてもらった人ほど威張り腐っている事実を知るに、今もそういう傾向が残っているのは確かであろう。

だから、レベルは隠すものという習慣が残っているのだと思う。

ララベルさんには『レベルサーチ』があるので、隠す意味がないと言われればそれまでなのだけど。

「ちなみに自分は、レベル537ですよ」

「高っ！」

ミュウさんが、私に自分のレベルを教えてくれた。

私のレベルを知ったので、お互い様と考えたのか？

彼女のそういうところに、私は好感を覚えていた。

「自分たちは、幼少の頃から砂獣の討伐を繰り返していましたから。ここに来てからもっとペースが上がりましたよ。幼少の頃から高いハンターの資質を認められていましたし、この容姿なので他の貴族の子弟たちから『家に呼ぶとみっともない。ドブスが伝染《うつ》る』と言われるので、外に出て砂獣ばかり狩っていましたから」

「……」

そういう話を聞かされると、いたたまれなくなってしまうな。

しかも、結構笑顔で話すから余計に痛々しいのだ。

「ララベル様と知り合ってからは、寂しくないですけどね」

「『ドブスは人間と戯れず、同じように醜い砂獣と戯れていろ』と兄が言うのでな。砂獣狩りはわたしたちからすれば、毎日の習慣みたいなものなのだ。ここに来たら、余計時間が余ってな」

「……」

もう本当、涙が出そうなので、これ以上言わなくてもいいから。

「タロウさんのレベルアップも順調でよかったです」

「これも、ララベルさんとミュウさんのおかげですよ」

これまでの成長ぶりからして、どうやら私はそれほど戦闘力が高くないようだ。

それなら、この世界で生き残るにはレベルが高いに越したことはない。

無償でレベルアップを手伝ってくれる二人には感謝の気持ちしかなかった。

「あっ、ちょうどレベルが200になった」

手の平を確認してみたら、レベルが200に上がっていた。

「レベル200って、正直なところ高いのでしょうか？」

「そうですね。この世界の人たちはレベルを公表したがらないのですが、唯一レベルがわかってしまう時があります」

「死ぬと、手の平にレベルが浮き出てくるのだ。この時は誰でもレベルが見えてしまう」

生きている時は自分しかレベル表示が見えず、死ぬとみんなに見えてしまうのだ。

その人が死んだ時にようやく、凄い功績を残したハンターのレベルがわかると。

「レベル200だと、上位のハンターであることが多いな」

「勿論個人差はありますけどね。レベル200まで上げても、全然弱い貴族とかいますしね」

レベル200でも弱い人は、金持ちが強いハンターを雇ってレベリングしているケースが大半だそうだ。

普通の弱い人は、自力でそこまでレベルを上げられないから当然か。

「じゃあ、明日にでも早速サンドスコーピオンを……あれ？　『異次元倉庫』の下に新しい特技の表示が出た？」

もう一度手の平を見ると、徐々に文字が浮かび上がってきた。

私しか見えないようだが。

それと、どうしてか日本語表示なので、これも『変革者』の特性なのかもしれない。

「複数の特技持ちですか。凄いですね。ララベル様もそうですけど、自分は一つだけなので」

その代わりミュウさんは、水系の魔法で砂獣を大量虐殺できる強さがあるけど。

「(『ネットショッピング』？　どんな特技なんだ？)」

最初は格好いい魔法とか、華麗に武器を扱う能力とか、そんなものを期待していたのだが、よく見ると『ネットショッピング』と表示されていた。

どう考えても、ハンターとして有利な特技とは思えない。

「(どんな能力なんだ？　なになに……)」

私の疑問に答えるかのように、脳裏に『ネットショッピング』の詳細が浮かんできた。

「(指定の画面から各ネットショップに飛び、そこに表示された品を購入できます。購入するとすぐに届きます。お支払いは、電子マネーの『イードルク』のみです。えっ？　電子マネー？)」

この世界に、電子マネーなんてないと思うのだが……。

唯一それっぽいのは、教会でお金の出し入れができることくらい。

それにしたって、現金を使わずにお店で買い物などできないからな。

「タロウ殿、どうかしたのか？」

「戦闘では使えない特技ですね。オアシスに戻ってから検証してみます」

「そうなのか。たとえ戦闘に使えなくても、特技はいくらレベルを上げても習得できない人の方が多い。そう悲観しなくてもいいと思うぞ」

「そうですよ。自分なんて一つだけですからね」

「別に落ち込んではいませんよ」

とにかく一刻も早くこの特技を検証し、どんなものか確認できたらララベルさんとミュウさんに意見を聞いてみよう。

「じゃあ、戻りましょうか？」

「そうだな」

「お腹も空《す》きましたしね」

レベルが200となり、新しい特技『ネットショッピング』を覚えた私は、この日も無事に砂獣討伐を終えてオアシスへと戻るのであった。

まあそうは言っても、相変わらず私は戦っていないのだけど。

第六話『ネットショッピング』

「さて、早速検証だな」

私が作った夕食を食べ終わり、早速新しい特技『ネットショッピング』がどんなものか検証してみることにした。

使い方を知りたいと願うと、脳裏にそれが浮かんでくる。

「なになに……。『ビジョン』と唱えると、ネットショッピングの画面が出てきます、か……本当に画面が出た！」

目前に、ネットショッピングのホームページのようなものが浮かび上がってきた。

画面のデザインは、地球で当たり前のように普及している世界的ネット通販サイトのそれによく似ている。

「『サバゾン』……砂漠だから？」

よく見ると、バナーの背景に砂漠が見えるので、砂漠専用ってことなのかな？

「検索は、脳裏に思い浮かべるだけか……」

いきなりこの世界に飛ばされて一ヵ月半ほど。

なにが欲しいかと言われると、やはりこの世界は暑いので冷たいものかな？

水などはミュウさんが冷やしてくれるのだけど、やはりアイスクリームなどが食べたくなるのが

人情というか本能というものだ。

「（アイスクリーム、出ろ！）」

脳裏で『アイスクリームが食べたいな』と思うと、検索機能の部分にアイスクリームと表示され、沢山の種類のアイスクリームが表示された。

日本のやつも、外国のやつも。

安い商品から、高級品まで。

多すぎて選べないほどだ。

「この世界で地球の品を購入できるのか。これまでの『変革者』にも、そういうことしていた人はいたのかな？」

今はそれを確認する術《すべ》がないので、考えても仕方がないか。

商品を調べてみると、通常のネット通販ページと同じで、商品の説明や内容量、価格などが記載されていた。

「そこで、円やドルじゃなくて、イードルクなわけか」

イードルクは、ドルクと価値に差はないようだ。

1イードルク、イコール通常の1ドルクのような気がする。

「でも、電子マネーなんてないよなぁ……」

ドルクは稼げるけど――私以外はだけど――どうやって入金して使えばいいのかわからないで困ってしまう。

と思っていたら、ページの上の部分にこう表示されていた。

「カトウ・タロウ、3億8759万5687イードルク……って大金だな！」

もし日本でしがないサラリーマンをしていたら一生稼げない金額だ。

でもどうして私がこんなに電子マネーを？

「そうか！」

だから私は、砂獣《さじゅう》を倒しても素材も神貨《しんか》も手に入らなかったのだ。

全部換金されて、ここに入金されていたわけだな。

素材もすべて消えるということは、素材の売却代金も込みという可能性が高いな。

「しかし……となると、この金額のかなりの部分がララベルさんとミュウさんのものってことになるな」

この二週間ほど、私とパーティを組んだばかりに、二人は素材も報酬もまったく得ていなかった。

正確にはここに入っているのだが、二人に返さないといけないな……返せるのか？

「引き出し機能はないのか……」

残念ながら、一度イードルクにしてしまうと、もう二度とドルク貨幣には戻せないという説明が脳裏に浮かんできた。

つまり、入金は慎重にということだ。

とはいえ、私及び私のパーティメンバーが砂獣を倒すと、勝手に入金されてしまうのだが。

「うん？　銀行口座からの入金？」

もう一つ、新しい機能を見つけた。

銀行の口座にあるドルク貨幣を入金して、イードルクに変更できるらしい。

「でも、私に銀行口座なんて……あったな！」

そういえば、紫色のスウェットを貴族に売却した代金が口座に入っていたのだった。

この世界では教会が銀行を経営しているので、教会ならどこからでも下ろせると、サンダー少佐に勧められて預けていたのだった。

「入金してみるか」

どうせ、私が生きていることは隠さなければいけないからな。

教会までお金を下ろしにも行けないので、全部イードルクに換えてしまおう。

ちなみに、イードルクを銀行の口座に入れることもできないようだ。

別に必要ないけど。

早速入金してみると、銀行の口座は２０００万ドルクからゼロになった。

代わりに、イードルクの残高が４億７５９万５６８７イードルクとなっている。

やはり、イードルクとドルクの価値は同じなのか。

「アイスを買ってみるかな」

酒という選択肢もあったが、考えてみたら私はそこまで酒好きってわけでもない。

飲まなくても問題ないが、とにかくこの世界は暑い。

冷たいアイスクリームが食べたかった。

『じゃあ、氷系なのでは？』と思われる方もいるだろうが、ミュウさんが水魔法の使い手なので、氷は簡単に手に入ってしまうのだ。

かき氷はすぐに食べられる……シロップや糖類がないので、ただのかち割り氷だけど。

「これにしよう」

某外国産高級アイススリームのバラエティーセットを選択し、買い物籠《かご》のところに入れていく。

「バニラ、チョコレート、イチゴ、抹茶、マンゴー、マカダミアナッツのカップアイスセットでいいな。価格は９８００イードルクか」

さすがは、外国産高級アイスクリームといったところか。

ちょっと数が多いが、『異次元倉庫』入れておけば溶けないので問題ないと思う。

それよりも、大きな問題が発覚した。

「ええっ！　送料が同額かかるのか！」

ネット通販には送料がかかるわけで、なんとその金額がかなり高額だった。

脳裏に浮かんだ説明によると、購入した商品と同額の送料がかかる仕組みだそうだ。

高額の商品ほど、それに比例して高額の送料がかかるわけだ。

「この世界で手に入らない品だから仕方がないのか……これは……」

画面を見ると、『利用者へのお知らせ！　お得なキャンペーン開催中！』とあったので、それを開いてみた。

すると、そこにはこう書かれていた。

「『我がネット通販サイト『サバゾン』をご利用いただきありがとうございます。そんなあなたに、この一ヵ月間だけのお得なキャンペーンを実施中です。10億イードルクを一括でお支払いの方に限り、永久送料無料キャンペーンを実施中！　この一ヵ月間のみのお得すぎるキャンペーンなので、ぜひご利用を！』か……」

これはもの凄《すご》くお得なキャンペーンだ。

購入したものの金額と同じ送料がかかるのが、一ヵ月以内に10億イードルクを支払えば永遠に送料が無料なのはありがたい。

私が死ぬまでだろうが、どんな高額の買い物をしても実質半額というのは大きい。

チリも積もればどころではないので、ぜひ購入しておきたいところだが、問題は期限が一ヵ月しかないことであろう。

あと一ヵ月で、10億イードルクを貯《た》められるかどうかという問題が浮上してくる。

しかも、このお金の大半はララベルさんとミュウさんが砂獣を倒して入手したものだ。

私のお金ではないので、たとえ10億イードルク集められても勝手に使うわけにいかなかった。

「その辺も相談かな」

新しい特技『ネットショッピング』の詳細もわかったことだし、ララベルさんとミュウさんに事情を説明すべく、まずは試しにアイスクリームのバラエティーセットを購入してみた。

すると、私の所有残高が4億7577万6087イードルクへと減少し、突然目の前にどこかで見たことがあるようなダンボール箱が出現した。

砂漠の砂と、ダンボールの色はよく似ている。

横に『SABAZON』と書いてあり、多少バッタ物感もあったが、箱を開けるとちゃんとアイスクリームのバラエティーセットが入っていた。

「早いなぁ」

注文するとすぐに届くのは凄い。

あと、消費税がないのもよかった。

ただ、やはり送料が痛いな。

９８００イードルクの商品を購入して、送料が９８００イードルクだからな。

購入した商品の大きさや重さではなく、金額で送料が上がるという特殊性のため、高価な買い物がしづらいと感じてしまう。

「やはり、10億ドルク支払うのは得だな」

これからのことを相談すべく、私は購入したアイスクリームのバラエティーセットを持って、ラララベルさんとミュウさんのもとへと向かうのであった。


「というわけなのです。試験ということで、勝手にアイスクリームを購入してしまって申し訳ないのですが……」

「ミュウ！　そのチョコレート味のやつはわたしのものだぞ！　一人で三個食べるのは反則だ！」

「王女様だったララベル様はどうか知りませんが、自分くらいの貴族の令嬢でも、チョコレートなんてそうそう食べられないですからね。とんでもない高級品なので。タロウさんの世界には、こんなに美味《おい》しいお菓子があるんですね」

「兄は改革王を気取るケチなので、王女であるわたしだってチョコレートなどこれまでの人生で二回しか食べたことがないぞ。輸入品で高いのでな。このちょっと酸味のあるピンク色のフルーツを使ったアイスも美味しいな」

「ララベル様、甘い物なんて三ヵ月半ぶりですね。黄色いフルーツのアイスが気が遠くなるほどの美味しさです」

「そうだな。ミュウが魔法で作った氷を削り、それを口に入れて『削り氷プレーン味』などと言っていたことが大昔のように感じられる」

「昨日食べたばかりではないですか。ただの氷なので、冷たいけど甘くはないですからね」

「この緑色のアイスは、ちょっと苦くて大人の味だな」

「ナッツっぽい味のアイスも美味しいですね」

「あの……私の話を聞いていますか？」

どうやらアイスに夢中なようで、それどころではないらしい。

食べ終わって落ち着くまで待つとするか。

どの世界でも、女子は甘い物には目がないのだから。

＊＊＊

アイスを持っていって二人に『ネットショッピング』の詳細と、10億イードルク支払うと送料が永遠に無料になるキャンペーンの話をしたのだが、アイスを食べるのに夢中で話を聞いていないようにしか思えなかった。

先にアイスを出したのは失敗だったたか？

六種類の味が四個ずつで、合計二十四個あったのだが、もう一個も残っていない。

食事の時は優雅に食べていたのだが、アイスに限ってはまるでハイエナのように取り合い、自分が一個でも多く食べようと競争になっていたからだ。

というか、私の分……。

『異次元倉庫』に入れれば溶けないので数日は保《も》つと思っていたのだが……。

「勿論《もちろん》話は聞いている。詳細は把握した」

「なるほど。タロウさん及び、同じパーティメンバーの砂獣討伐報酬は、イードルクなる情報のみの貨幣に変換されてしまうのですね。ですが、こういったものを購入できるのであれば、かえって得ではないですか」

「購入金額と同じ送料か……安く感じるが、一ヵ月以内に10億イードルク支払えば、それ以降は永遠に送料無料とは凄い。破格すぎるな」

この世界はその大半が砂漠に覆われた世界のため、人が住んでいる場所同士の距離がかなり開いている。

交易をする際には砂流船が使われるのだが、砂獣のせいで遭難する船も多く、輸入品は恐ろしいほど高いそうだ。

「それに加えて関税もかかるのでな。国によって条件は違うが、バート王国の場合、その商品の価格と同じ金額の関税がかかる」

成功率が低めの輸入に、高額な関税、難易度の高さから多国間交易をしている商人はとても少なく、輸入品は現地の数十倍の値段がつくものも珍しくないと、ララベルさんが説明してくれた。

「これは一日でも早く入手すべきですね」

「そうだな。同じ値段でアイスが倍も買えてしまうのだから」

この二人、この世界の人間にしては思考が柔軟で合理性に富んでいるな。

そういえばサンダー少佐もそうだった。普段の生活に色々と制約がある平民階級のサンダー少佐や、上流階級でもハブられ気味だったララベルさんとミュウさんだからかもしれない。

私は正直なところ、『なにも手に入らないのに、10億イードルクを払うなんて勿体《もったい》ない』と言われたらどうしようかと思っていた。

教育を受けていない人は当然だが、いくら高度な教育を受けても、『長い目で見たらどちらが得か？』ということが理解できない人は一定数出てしまうのだ。

私のいた会社でも、私よりも遥《はる》かにいい大学を出ているのに、こういうことが理解できない人はいた。

勉強ができるというのと、そういうことを理解するというのは別というわけだ。

「タロウさん、自分たちは効率的に動かざるを得ないのですよ」

「なにしろ、この容姿なのでな」

「綺麗《きれい》な子なら、多少おバカなことをしても男性がフォローしてくれますからね」

「そうだな。我々ドブスは『自己責任だ！　砂大トカゲにでも食われろ！』と言われて終わりなのだ」

確かに美人はチヤホヤされるものだが……その美人の基準が……私はこの世界の美人が男性たちにチヤホヤされている様子を脳裏に思い浮かべ、『私にはできないな』と思ってしまった。

『なにかのギャクなのかな？』と思えてしまうからだ。

「ララベル様、とにかく10億イードルク集めましょう」

「つまり、砂獣を沢山倒せばいいのだな」

「砂獣なんて油断しているとすぐに大繁殖するので、沢山倒しても全然問題ないですよ」

と、笑顔で語るラベルさんとミュウさんであったが、二人とも私基準では非常に容姿が整っているため、余計に怖く感じてしまった。

「ふと思ったのだが、神貨は入金できないのかな？」

「できるみたいです」

さっき、銀行振り込みの機能を確認している時、私は手持ちの神貨もイードルクに変換できるのを確認していた。

「タロウさんは、神貨をどのくらい持っているのですか？」

「そんなには持っていないですね」

私は、砂獣を倒しても神貨が手に入らないからだ。

サンダー少佐とシュタイン男爵からの餞別《せんべつ》に、あとは砂流船で私以外のハンターが倒したサンドウォームから出た神貨を拾える限り拾ったくらいか。

死んでしまった人からも拝借したが、船の金庫は逃げ出した船長たちが持ち出していたので空だったため、慌てて置いていった彼らのサイフくらい。

合計しても、１３００万ドルククらいのはず。

金塊や宝石もあったが、これは換金できないようだ。

「わたしたちは、それなりに持っているぞ」

「あそこに」

「あのぉ……いいんですか？」

ララベルさんとミュウさんは、大量の神貨をテントの後ろに無造作に積んでいた。

お金なのに、そんな扱いってどうかと思う。

「ここに来てから砂獣を倒した時に回収した分だが、使い道がないのでな」

「こんなところに商人なんて来ないですし、あそこに山積みしていても誰も盗まないですからね」

命がけでサンドウォームの巣を越え、サンドスコーピオンとの遭遇に怯《おび》えながら盗みに来る泥棒はいないのか。

「これも課金してみればいい」

「わかりました。私が課金した分と、ララベルさんたちが課金したん分と、ちゃんと明細を取って……」

「別に必要ない」

親しき仲に礼儀ありという。

課金口座は一つだが、誰がいくら課金していくら使えるのか、ちゃんと分けて帳簿を作ると言ったらララベルさんから不要だと言われてしまった。

「タロウ殿は、兄に比べると誠実な男性なのだな」

「そうでしょうか？　普通だと思いますよ」

お金とは本当に怖いもので、これで揉《も》めて、殺人事件まで発生してしまう。

恋人、夫婦、友人、親戚。

これまで良好だった関係が簡単に崩壊することもあった。

『あまり、お金お金言うのはよくない』と言う人は多いが、私はその辺はちゃんとした方がいいと思うのだ。

「兄など、『お前でも、この国に貢献できるのだ。ありがたいと思え』と言って砂獣の素材も神貨もすべて取り上げられていたのだが」

「自分も同じくです」

「そうなんですか……」

あいつ、本当に酷《ひど》いな。

私に対しても似たような態度だったので、別に驚きはしないけど。

「それに、買い物ができるのはタロウ殿だけなのだ。元々平等な関係というのはおかしいだろう」

「そうですね。あのアイスの他にも色々と購入できるのであれば、楽しみしかないですよ。どうせ10億ドルクは払わないといけないですからね。問題ないですよ」

わかりました。

それでは……。

私の持っていた分と、ララベルさんとミュウさんが三ヵ月で獲得した大量の神貨を入金すると念じたら、すべて消え去ってしまった。

急ぎ確認すると、私のイードルクの残高が6億8893万1245イードルクまで増えていた。

三ヵ月で2億ドルク以上を稼ぐ二人……。

どうしてあの王様は、この二人を島流しにしたのであろうか？

「あと3億2000万ドルクか」

「一ヵ月だと難しいでしょうか？」

「タロウさん、私たちの分の神貨には素材分がありません。なんとか間に合うのでは？」

私がパーティに入っていない状態での討伐だと、運搬も困難だからと素材の大半は放置していたわけか。

素材もお金に換わるのだとしたら、一ヵ月で3億3000万ドルクを稼ぐのは可能だと、ミュウさんは計算していた。

「だが、間に合わなかったでは困る。ここは確実性が必要だな」

「もっと稼働時間を延ばしますか？」

「いや、それを一ヵ月続けるのは難しい。そこで、『名付き』を倒そうと思う。ここにも、サンドスコーピオンの突然変異種がいただろう」

「あれですね。お互い避け合っていますけど」

『名付き』とは、個体で活動する、非常に巨体で強い砂獣のことであった。

ボスモンスターみたいな扱いで、『名付き』という名前のとおり、人間から認識されている個体には名前が付いていた。

人間から認識されておらず、まだ命名されていなくても、そういう強い個体を『名付き』と呼ぶのは、どうせいつか誰かが名前を付けるかららしい。

王都でサンダー少佐からそういう強い砂獣がいるとは聞いていたが、まさかこの近辺にも存在するとは。

「『名付き』を倒すと、得られる神貨が桁違いなんでしたっけ？」

「その代わり、恐ろしいほど強いがな。サンドスコーピオンの大量生息地をウロウロしているのだ。奴は繁殖を放棄し、年々巨大化している。同種であるはずのサンドスコーピオンも奴からすれば餌でしかない」

「妙に勘がいいのも『名付き』の特徴ですね。奴は自分たちを避けているのです」

現時点では二人に勝てるかわからないので、避けているわけか。

「やはりララベルたちさんも、勝てるかどうかわからないので避けているのでしょうか？」

こんななにもないオアシスで暮らしている以上、どちらかが死傷してしまうリスクは避けたいのだろう。

どうせ素材を有効活用できず、腐るに任せるか、他の砂獣の餌になるのだからと放置していた可能性がある。

「別に倒そうと思えばいつでも倒せるが」

「そうですね。『名付き』には、ちゃんと命名されて今も生きている個体が沢山いますから。それにサンドスコーピオンの親玉は、『名付き』の中では弱い方です」

「そうなのですか？」

逃げるから、わざわざ倒しに行くのが面倒なのかと思っていた。だが、そうじゃなかった。

「こんな砂漠で、毎日普通のサンドスコーピオンばかり倒していると暇でな。育ててみようと思ったのだ」

「毎日倒したサンドスコーピオンの死骸を放置して、少しでも早く育つかなって」

「あの……育ててなにか意味でも？」

「ここの生活は、毎日が暇だ」

「同じ生活サイクルですからね。サンドスコーピオン退治で体を動かすくらいなので、『名付き』を育てて、それを倒すイベントで盛り上がろうかなって」

「本当、ここではそのくらいしか楽しそうなことがないのだ。それも無事解決したがな」

「美味しいものや珍しいもののお買い物。楽しみですね。早く送料無料を達成しましょう」

「そうですね……」

私は、暇潰《ひまつぶ》しのために生かされ、明日には電子マネーのために殺されてしまう『名付き』に対し、ほんの少しだけ同情してしまうのであった。

＊＊＊

「デカッ！」

「タロウ殿、有名な『名付き』に比べればまだまだだぞ」

「強さもそれほどではないですからね」

翌日、私たちは巨大なサンドスコーピオンを視界に入れていた。

通常の三倍、全長三十メートルはあると思われる真っ赤なサンドスコーピオンであったが、ララベルさんとミュウさんに言わせると、『名付き』の中では全然大したことはないそうだ。

普通のサンドスコーピオンのように保護色ではなく、あえて目立つ赤なので強さに自信があるのかと思ったが……。

「ララベルさん、このサンドスコーピオンは普通のサンドスコーピオンの三倍の速度で動きますか？」

私は、アラフォー世代。

真っ赤なものを見ると、通常の三倍の速さで動くのかどうか気になってしまうのだ。

「いや、大きな分、かえって遅いと思うが……」

「その分、パワーは桁違いですけどね。ハサミで攻撃されたら、すぐに真っ二つにされてしまいます。尻尾の毒で攻撃されたら、一時間と経《た》たずに死にますね」

残念っ！

『名付き』の真っ赤な巨大サンドスコーピオンは、速度よりもパワー重視みたいだ。

毒の威力も三倍って感じかな。

その点のみは、赤いだけのことはある。

「じゃあ、危険ですね」

「そうでしょうか？　動きは遅いし、冷静に戦力計算をしても自分たちには到底及ばないので。油断しないように心がけるだけですかね」

ミュウさんは、まだ遠く離れた真っ赤なサンドスコーピオンに対し魔法を使った。

氷の柱が真っ赤なサンドスコーピオンを包み込んでしまう。

まだ生きてるようだが、氷に覆われていない脚の一部をバタバタと動かすのみであった。

「実はサンドスコーピオンは、基本的に水にも氷にも弱いのです。他にもっと強い『名付き』が沢山いる以上、そちらを警戒した方が合理的ですね」

残念ながら、真っ赤なサンドスコーピオンはミュウさんの脅威とはならなかったようだ。

「このまま死ぬまで放置ですか？」

「いえ、さすがに『名付き』なので、この程度では死にませんよ。氷が溶けると元どおりなので、ララベル様の出番です」

「動けぬ獲物なので、歯ごたえがないが……タロウ殿にお見せしよう！　我が必殺の『斬断剣《ざんだんけん》』を！　ミュウ！」

「わかってますよ」

続けて、ミュウさんが魔法を使った。

今度は水系統の魔法ではなく、一気にララベルさんを数十メートル上空まで浮かび上がらせる魔法であった。

彼女が凍りついた真っ赤なサンドスコーピオンを見下ろす形となった瞬間、ミュウさんの浮遊魔法の効果が切れ、抜剣して剣を上段に構えていたララベルさんが一気に落下していく。

落下の勢いも利用した強烈な一撃により、真っ赤なサンドスコーピオンは氷ごと縦に真っ二つにされ、これがトドメとなって消滅した。

「すげえ」

あれだけの巨体を一本の剣で真っ二つにしたのもそうだが、あの高さから落下してちゃんと砂地に着地し、なんらダメージを受けていないのも凄い。

上位のハンターほど人間離れしている証拠であろう。

「綺麗だな」

中にはそういうハンターを怖がる人も多いそうだが、私は素直に彼女の剣技と強さを見て美しいと感じてしまった。

「きっ、綺麗？　わたしが？」

「美人はなにをしても様になりますね。私はそう思ったわけです」

「そうだったな……タロウ殿は美醜の基準が逆なのだった」

今度は、ララベルさんも怒らなかった。

もう慣れてくれたようでよかった。

「あの、タロウさん」

「なんですか？　ミュウさん」

「自分も華麗に魔法を使いましたよ。どうでした？」

「さすがは凄腕の魔法使い。あの大きさの砂獣を一発で氷漬けにするなんて凄い」

「もっとないですか？」

「私ももっとレベルが上がったら、ああいう魔法が使えるようになればいいなって思います」

性格的に、ララベルさんが見せたようなアクティブな戦闘はできるようにならないかもしれないが、魔法とかを覚えられたらいいと思う。

でも、『異次元倉庫』と『ネットショッピング』で限界かな？

特技が二つある人は貴重で、三つある人は奇跡と言われる世界だそうだから。

「他にないですか？」

「ミュウ、タロウ殿が迷惑しているだろうが」

「ラベル様、自分だけ綺麗だって褒められてズルイですよ！」

「仕方があるまい。戦闘スタイルの差なのだ。それよりも、『名付き』で得られた報酬を確認しなければ」

「ううっ……次はもっと華麗な魔法を見せますよ」

「それで動作に隙《すき》ができたら意味がないではないか。タロウ殿、どうだ？」

「あっ、はい。確認しますね」

私は、『ネットショッピング』の画面を開き、所有するイードルクの額を確認した。

画面は目の前の空中に出ているのだが、残念ながらラベルさんとミュウさんには見えないようだ。

「うん？　新機能のお知らせ？」

残高の確認の前に、新しい機能の通知が出てきた。

開くと、そこには『フレンドリーサービス』と書かれていた。

これをクリックすると、脳裏にその機能の内容が浮かんでくる。

「画面を他人に見えるようにする機能か……まずは五名まで。じゃあ、二人にも」

残高は三人のものなので見てもらった方がいいであろう。

私は、二人にも画面が見えるように設定した。

「おおっ！　空中に四角い絵が浮かんでいるぞ！」

「あれ？　自分たちの言語で記載されていますね」

ララベルさんは『ネットショッピング』のページを見て驚いていたが、研究者気質のあるミュウさんは、画面に表示された文字がこの世界の言葉であることに驚いていた。

彼女は私がこの世界の文字を理解できないのを知っているから、私には日本語で表示されているのに気がついていたのであろう。

ところが、自分たちにはこの世界の言語で画面が表示されており、人によって言語表示が変わるという事実に驚いたわけだ。

「自然に翻訳してくれるのか……」

私には日本語で表示され、ララベルさんたちにはこの世界の言葉で表示されているのか。

さすがは『ネットショッピング』。

お客さんへの配慮は忘れないわけだ。

それにしても、この文字でどう『サバゾン』って読むんだ？

この世界の文字はわかりにくい。

「『変革者』は、召喚された直後からこの世界の言葉を話せます。これは、『変革者』がこの世界で効率よく活動できるようにするためだそうです」

言葉が通じないと、お互いの意思疎通にも苦戦するから当然か。

文字の読み書きは……そこまですると面倒だと思ったのか、難易度が高すぎるかのどちらかだな。

「ええと、残高は、７億９８９３万１２４５イードルクか……素材と神貨で１億１０００万イードルクという計算だな」

弱い『名付き』で１億イードルク超えなので、『名付き』の討伐は効率がいいのか。

「でも、あと2億ちょっと必要ですね」

しかも、期限は一ヵ月しかない。

だが、素材の売却分も合わせれれば、一ヵ月で間に合うかな？

「他に『名付き』は？」

「いませんね。放浪するタイプの『名付き』は、ここの外縁がサンドウォームの巣なので近寄らないです」

それは、数の多いサンドウォームが脅威だからか？

「いえ。『名付き』からしても、サンドウォームは不味《まず》いからでしょう」

そんな理由で、徘徊《はいかい》タイプの『名付き』が近寄ってこないのか……。

「サンドスコーピオンを沢山倒せばいい」

「効率重視でいけば大丈夫そうですね」

「そうだな。なので、タロウ殿は戦闘に参加しないように」

「効率が落ちますからね。戦闘力はあとで検証しましょう」

「はい」

二人の正論に対し私はなにも言えず、以降は暫《しばら》く二人の戦闘を見守るだけの日々が続いたのであった。

幕間1　心配するおっさんたち

「今、戻ったぞ」

「あなた、お客様が……」

「誰だ？」

「私ですよ」

「おおっ、シュタイン男爵様ではないですか」

「軍を退役してハンターになったら、随分とお行儀よくなったな。普通は逆じゃないか？」

「平民は、貴族様にへいこらするものなのでね」

「そうされるのが当然だと思っている貴族が多いのは確かだがね。話があります」


タロウがウォーターシティーに向かってから数日後。

予定どおり、俺は軍を退役した。

平民で少佐になれたので、上出来というところだな。

普通は士官学校を出ていても大尉が限界で、退役時にお情けで少佐にしてくれるだけだ。

少佐で現役を終えると、退役時には中佐にしてくれる。

退職金と年金の額が上がるので、老後は安心というわけだな。

とはいえ、俺はまだ四十代前半。

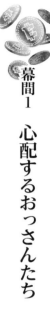

まだ働けるので、ハンター業を始めることにした。

早速仲間を探し始めたのだが、俺の部下たちも俺の退役後すぐに退役してしまったので、彼らを仲間にして終わりだった。

別に俺に付き合って軍を退役する必要はないと思ったのだが、俺の代わりに軍に入った貴族のバカ息子がどうしようもない奴らしい。

自分で砂獣《さじゅう》と戦う度胸はないが、レベルは上げてほしい。

『それも急ぎで！』という無茶な要求を、俺の部下だった連中に出したそうだ。

それをヤバイと感じた、俺が特に目をかけていた五人……タロウの訓練にも参加していた連中だ……も急ぎ退役してしまい、代わりに配属された兵士たちがすでに五名も死んだそうだ。

レベリングのため、その新米コネ少佐が無茶をさせたかららしい。

それなのに、彼は貴族の子弟なのでなんのお咎《とが》めもなし。

そりゃあ、部下が退役して当然か。

本当に、レベルを一つでも高くして同類のバカたちに対しマウンティングを取りたい貴族の子弟には困ったものだ。

幸い、彼らも加わったのでハンター業は順調だった。

給料固定の軍人よりも稼ぎもよく、このところ毎日が充実していたが、唯一落ち込んだのはタロウの件だな。

タロウの乗った砂流船がウォーターシティーへの船便が出ている港へと移動していたところ、サンドウォームの群れに襲われて船は沈没というか、破壊されてしまった。

生き残りは船長と数名の船員たちのみ。

ちょっと怪しい臭いがプンプンするが、それを追及すれば俺も殺されてしまうであろう。

俺が独り者ならいいのだが、家族がいるので無茶はできない。

タロウには悪いが、結局ハンター業に精を出すしかないというわけだ。

そしてそんな中での、意外な人物の来訪。

いったいなにがあったというのであろうか？

「すまないが、二人だけで大切な話があるんだ」

「わかりました」

それだけで妻は察してくれた。

俺とシュタイン男爵を奥の部屋に案内し、お茶だけ出すとすぐに部屋を出ていってくれた。

「いい奥方だな」

「付き合いが長いのでね。察してくれるのさ」

「配慮ができる女性は素晴らしい」

容姿は平凡だが、俺は妻がいい女だと思っているよ。

男性に気に入られるため、肥え太り続ける貴族の子女よりはね。

「それで、どうかしたのか？」

「タロウ殿だが、生きていると思うか？　死んでいると思うか？」

「正直なところわからないな」

乗っていた砂流船がサンドウォームの大群に襲われ、船は完全に破壊されてしまった。

乗客は全滅し、生き残ったのは船長と数名の船員たちのみ。

船の最高責任者である船長が、船員と乗客たちを置いて逃げ出したこと自体があり得ないのだが、どういうわけか彼らは罰せられもせず、すぐに元の職に復帰している。

普通なら『船長としての適性に問題あり』と評価され、二度と船には乗せてもらえないはずだ。

それなのに、特に批判もされず仕事に復帰しているということは……そうなんだろうなと思うわけだ。

そりゃあ、俺も貴族嫌いになるわけだ。

シュタイン男爵は別だが……もっとも、これは恥ずかしいから言ってやらないがね。

「状況から見て、タロウは駄目なのでは？」

そうは思いたくないが、船長たちに見捨てられた時点でタロウは生き残れまいと思ってしまうのだ。

「ところがだ。彼は生きている可能性がなくもないんだ」

「そうなのか？」

「形式上だけだが非公開で船長たちの聴取はしている。その時の記録を入手したんだが……」

「おいおい、危ないことをしているな」

「私みたいな木っ端《こっぱ》男爵の行動なんて、王国上層部にいる大貴族様や王族様たちは気にしていないのでね……彼らが逃げ出した時、まだタロウ殿は船の上で戦っていたそうだ。とはいえ、サンドウォームの大群は一向に減らず、一緒に戦っていたハンターたちも全滅状態。他の乗客も生き残っている人はいなかったそうだ」

「それは事実なのか？」

船長たちが嘘《うそ》をついている可能性だってあるのだから。

もしかしたら、すでにタロウは死んでいたのに……でもそれは変だな。

そんな嘘をつく必要などないからな。

「陛下は、今から魔力を蓄えて五年後に再召喚を行えるよう、タロウ殿を謀殺しようとした。彼の最期の詳しい状況は知りたいところだろうな。本来貴族には公開されるはずの聴取が非公式になっているところからして、船長たちは嘘をついていないと思う」

そもそも平民である船長たちが、貴族たち相手に嘘などつけるわけがないか。

「タロウ殿が死んだところを実際に見た者はいない。だから生きてる可能性はある」

「でも、それは確認できないだろう」

どういうわけか、船が遭難したポイントはサンドウォームの巣として有名な場所である。

どうして船のプロである船長たちが、本来の航行ルートを外れてそこに向かってしまったのか……は言うまでもなく、遺体を探しにはいけないので、結局タロウの生死は確認できないというわけだ。

「確認する術《すべ》がないわけではない。教会に問い質《ただ》せばいいのだから」

「教会？　そうか！」

タロウは、召喚時に着ていた紫色の服を貴族に売って金を得ている。

それを、教会の口座に入金していたのだった。

俺も付き合ったので覚えていたのだ。

だが……。

「教会は、教えてくれないだろうな」

教会は、世界中に広がる教会網を利用して銀行業を営んでいる。

その力は侮れず、国家が預金者の情報を得ようとしても、預金者情報の保護を名目に拒否してしまうからだ。

「どういう仕組みかは知らんが、タロウが死んでいれば口座は自動的に凍結されるんだったかな」

「そして、相続できる遺族がいた場合、その国の法律に従って遺産を分配してくれる」

預金者情報の保護という名目で国家からの照会を断るものの、こういった遺産相続に関わる面倒事も引き受けているからこそ、どの国も教会を排除しようとは思わないわけだ。

「タロウは別の世界から召喚され、遺産を相続できる遺族など一人もいない。こういう場合、口座の金は教会が得てしまう」

そういう役得もなければ、教会も面倒な遺産相続の手助けなどしないというわけだ。

神官も、金がないと生活できないからな。

「つまり、タロウの口座がまだ残っていればあいつは死んでいないことになるな。教会がすんなり教えてくれるとは思わないが……」

教会の預金システムは、預金者が死ぬとすぐにわかる仕組みになっているらしい。

陛下からすれば、彼の口座が残っているのかいないのかで、彼の生死が確認できる。

ぜひとも知りたいわけだ。

「教会が応じるかな？」

「間違いなく、今頃陛下と教会で水面下の交渉が行われているはずだ。教会は拒否するだろうが、神官にはバート王国貴族の子弟も多数いる。最終的には情報漏れを防げまい」

なるほどもう少し経《た》てば、それがわかるわけか。

「生きていてほしいものだがな」

「そうだな」

だが、いくら遭難した船から逃げ延びたとしても、周囲はサンドウォームの巣だからな。

最悪の事態も覚悟しなければいけないか。

＊＊＊

「陛下、口座の情報を確認して参りました」

「そうか、よくやったな」

「教会の連中、バート王国人の口座情報を、バート王国出身者の神官には見せないようにしていましたので、大いに苦労しました」

「バート王国内の教会で、同国内の預金者情報に触れられるのは他国出身者の神官のみと聞くな」

「そうすることで、情報漏れを防いでいるわけです。神官が、出身国と教会の板挟みになって情報を漏らすことを防いでるわけですな」

「教会が世界的規模だからこそ可能な手法というわけだ。では、どうやって情報を得たのだ？」

「そこは蛇の道は蛇といいますか……他国でも、そういう情報が欲しいところがあるので、その国出身の神官と情報を交換したわけです。おかげで時間がかかりましたが……」

「なるほどな」

出来損ないの『変革者』カトウ・タロウは、状況から見れば死んだと見て間違いないが、逃げてきた船長たちは実際に奴が死ぬところを見たわけではない。

確実に死んだ証拠が欲しかったのだが、そういえば奴は自分の紫色の服を貴族のバカ息子に売り、その売却代金を口座に入れていたのだった。

教会の口座は金があれば誰にでも作れ、特殊な水晶玉に手をかざせば個人確認も容易だ。

由来不明の高度な技術力を持つ教会に対し、各国は配慮せざるを得ない状況にあるため、どんな人物が口座を持ち、いくら預金しているのかを知る術はないとされていた。

国が強硬に情報の提示を求めても、教会が拒否してしまうのだ。

カトウ・タロウの口座がそのまま残っていれば、奴は生きていることになる。

預金口座を持つ人間が死ぬと、謎の技術で教会はすぐに気がついてしまうからだ。

死んだ預金者の相続を円満に行い、それが教会の強みにもなっているので、各国の税務関係者で教会を疎ましく思っている者は多いはず。

教会には平民出身者の幹部も多いので、それもあるのだろうが。

それゆえ、カトウ・タロウの口座が残っているのか確認できないでいたが、寝返らせた我が国出身の神官が、他国の同じことを考えていた神官と情報交換をして入手してくれたそうだ。

あの船長たちよりも使えるじゃないか。

あいつらはそのうち処分するが、こいつはもう少し利用価値があるかな。

「カトウ・タロウの口座はなくなっていました。リストにもありません」

「つまり死んだわけだな」

教会に金を預けていた者が死ぬと口座が消え、その金は教会扱いになると聞く。

つまり、あの出来損ないの『変革者』は死んだわけだ。

「もう一つ、金をすべて下ろして残高がゼロになれば口座も消えますが、念のため預金の引き出し情報も探らせました。預金は下ろされていないので、預金者死亡で教会が没収したのでしょう」

「なるほど。よく理解できた」

ここまで証拠が出れば、あの役立たずの『変革者』は死んだといえるであろう。

アレが死ねば、あと五年で次の『変革者』を呼ぶことができる。

今度は、余の役に立つ『変革者』だといいが……。

「ご苦労だった。あとで褒美を取らせよう」

「ありがたき幸せ」

余は、神官に褒美を約束するとそのまま下がらせた。

あいつがいれば、どの国もなかなか情報が掴《つか》めないで苦慮している教会の情報も入ってくるはず。

若くして王となり、余を侮る貴族たちも多いが、今は雌伏の時だ。

力を蓄えればいつか、大物貴族や王族たちに気を使いなかなか改革ができないこの国を立て直せるはずなのだから。

「そう、余は改革王になるのだ」

優秀な兄の死でいきなり回ってきた王位だが、ならば余は好きにやらせてもらう。

この国を、強固な権力を持つ王である余が適切に差配し、いつかこのグレートデザートを完全に支配してやる。

王が素早く適切に判断を下すのであれば、この世界の八割を占める砂漠の緑化も可能となるであろう。

「そのために、強い『変革者』が必要なのだ！」

カトウ・タロウ、運がなかったな。

お前はわけもわからず『変革者』として召喚され、誰も知り合いのいない世界で余に役立たずだと評価され処分された。

酷《ひど》い話だと思うが、これも新しいバート王国のためである。

余はこの国を統《す》べる者。

時に、大のために小を犠牲にする必要があるのだ。

それに、これから処分されるのはお前だけではない。

兄が急死した時、この私が王位を継ぐと知って急に態度を変えた者たちや、余が王なら上手《うま》く傀儡《かいらい》にしてこの国の実権を握れると思っている者たちも。

必ずお前たちは始末してやる。

そうなれば、あの世もすぐに寂しくなくなるさ。

それまでもう少し待つがいい、カトウ・タロウよ。

第七話　ネットショッピング生活

「ついにやりましたね、タロウさん」

「うむ、頑張った甲斐《かい》があったものだ」

「本当に、一ヵ月以内で10億イードルク貯《た》まりましたね」

『ネットショッピング』の永遠に送料無料を手に入れるため、私たちはいつもよりも討伐にかかりきりとなり、二十三日目に見事目標額を達成した。

私もサンドスコーピオンデビューしてみたのだけど、残念ながら戦闘にはそれほど向いていないようだ。

一日に五匹倒すのが限界で、私はララベルさんとミュウさんの後方支援担当となった。

後方支援といっても、討伐を続ける二人に飲み物や食事を出したりする程度なのだけど。

ハンターの中で、単独でサンドスコーピオンを倒せる者はとても少ないそうなので、私もそこまでハンターとして弱いということもないそうだが、まるで時代劇の主人公のようにサンドスコーピオンをバッサバッサと斬り倒すララベルさんと、魔法を駆使してサンドスコーピオンを群れごと虐殺しているミュウさんを見ると、私はとても弱いのではないかと思ってしまうのだ。

二人が強すぎるのであろう。

レベルを教えてくれたけど、二人ともレベル５００超えは凄《すご》いと思う。

二人とも、レベルアップ速度と成長率が段違いなのだそうだ。

どうして王様は二人を……もしかして自分の権力を脅かす危険性を考えたのか？

肉親でも疑わないといけないとは、王様になんてなるものじゃないな。

とにかく、無事に10億イードルク貯まったので送料無料をクリックしたら『以後、送料は無料になりました』という表示が出た。

これからは、実質定価の半額で全商品を購入できるわけだ。

ただし……。

「ララベル様！　残高が２３０イードルクしかないですよ」

「これでは送料無料でも、なにも買えないではないか」

「買えなくもないですけどね……」

今はちょうど休憩の時間。

周囲のサンドスコーピオンたちが二人に駆逐されたため、砂獣《さじゅう》に襲われる心配はないのでノンビリとしていた。

他のハンターだと、周辺の砂獣をすべて駆逐するなんてまずあり得ないので、この二人の強さがわかるというものだ。

『どうせ王城にいても、他の王族や貴族の子女からドブスとバカにされるだけなのでな。ならば、砂獣を倒してレベルを上げていた方がマシだ』

『他にすることがないんですよね』

二人の才能は生まれつきとして、レベルが高いのは砂獣でも倒していた方が暇も潰《つぶ》れるし、自分たちをバカにする嫌な連中と顔を合わせせないで済むからだったとは……。

世界は変われど、そういう嫌な奴というのはいるものなのだな。

「そうだ、これをどうぞ」

私は、急ぎ『ネットショッピング』で有名な氷菓子のラムネ味を購入した。

一本70イードルクで、消費税はかからないのがいい。

三本分クリックすると、無事送料無料で三本出てきた。

もの凄く小さな箱に入っており、サバゾンはちゃんと商品の大きさに合わせせて梱包《こんぽう》してくれるようだ。

誰がとか、どこでとか、謎は多いけど。

「暑い時は氷菓子が一番ですよ」

「氷ですか？　自分は氷の味にうるさいですよ」

「ミュウ、お前の氷は味がないではないか」

「ううっ、ララベル様。そこを突きますか？」

ミュウさんは魔法で氷を出せるので、二人だけの時はよく氷を口に入れて水分補給と涼を取っていたそうだ。

ただ、魔法の氷に味はつけられない。

ただの氷なので、ララベルさんは氷菓子とは比べられない味だとツッコミを入れたわけだ。

「この味は初めてだが、甘いのにさっぱりしていていいな」

「氷に味がついていると美味《おい》しいですね。削り氷を思い出しますよ」

「削り氷ですか？　削った氷に甘いものをかけるとか？」

「高級品には違いないですけど、チョコレートとかよりは圧倒的に安いので」

ミュウさんによると、削り氷とは魔法で作った氷を細かく削って、その上に、ハチミツ、砂糖、ジャム、搾ったり摺《す》り下ろした果物をのせて食べるお菓子だそうだ。

かき氷と思っていいだろう。

これも高級品で、なぜなら氷は魔法で作るしかなく、なるべく魔法使いは砂獣退治に行けというのが国の方針なので、氷の生産量が少ないからだそうだ。

「一番高級なのは、ハチミツをかけたものですね。とにかくハチミツは、『黄金の蜜』と呼ばれていて、とても高いので」

「採取量が少ないのですか？」

「ミツバチの巣自体がなかなか見つからないのですよ。当然砂漠には生息していないので」

ハチミツの原料が花の蜜である以上、砂漠にミツバチがいるわけないか。

希少な花が咲く場所で巣を探すそうで、この世界でハチミツはとても高価な品だそうだ。

「小さなスプーン一杯で、10万ドルクくらいしますよ」

かき氷で使うと、見事、一杯数十万ドルクのかき氷の完成というわけか。

「砂糖も、バート王国では生産していないので高価です。果物を摺り下ろしたものをかけるのが主流ですね」

「そんなに甘くないけどな。ハチミツや砂糖ほど高価ではないが、やはりいい値段だ」

養蜂はやっていない。

砂糖は輸入。

果物も、品種改良をしていない原種に近いものなのでそれほど甘くはないが、栽培量が少ないので高価というわけだ。

この砂漠だらけの世界で、自生している果物にあまり期待しない方がいいか。

「そういえば、ハチミツも、砂糖も、果物も買えるんですよね？」

「はい」

私は、『ネットショッピング』の画面を操作して、まずはハチミツの商品リストを出した。

「ピンキリだなぁ……」

とはいえ、さすがにスプーン一杯10万ドルクということはなかった。

「ハチミツ二キロで、５０００イードルクかぁ……こんなものかな？」

『ネットショッピング』は、日本のネットショッピングに準じていると思う。

大瓶ハチミツ二キロで五千円なら妥当であろう。

消費税と送料はないからな。

10億イードルクを先に苦労して払っておいてよかった。

「これなら、ちょっと砂獣を倒せば買えますよ……ってどうかしましたか？」

「ハチミツが安いです！　ちょっとあり得ない安さですよ！」

「そうだな。我がバート王国でその値段を言われたら、まず偽物を疑うな。砂獣の粘液に色をつけて売る輩《やから》がいるのだ」

「不味《まず》そう……」

「当然不味い。味なんてつけたらコストが上がるので、粘液特有の生臭い味しかしないそうだ。着色に使う塗料のせいで健康にもよくないしな。タロウ殿の世界に偽物のハチミツはないのか？」

「なくはないですけど、今は少ないかな？」

日本というか地球では養蜂技術が進んでいるので、一部高級品は除くがハチミツを買えない人は少ないと思う。

「砂糖はどうですか？」

「ええと……」

ミュウさんに促され、私は砂糖も検索してみた。

「業務用で30キロ入りですけど、上白糖が８０００イードルクくらいですね」

「砂糖も安いですね。安すぎます」

「バート王国で砂糖がその値段だとしたら、偽物で砂だったという結末になるだろうな。あと、上白糖ということは白いのか？」

「ええ。上白糖は白い砂糖ですね」

「白い砂糖はこの世界にもあるが、ハチミツ並みに高いぞ。輸入品だからというのもあるが、製造している国が技術を秘匿しているのでな」

砂糖は無精製品が主流で、漂白技術は生産国が秘匿しているのか。

「王族や大貴族は、上白糖を使ってこそみたいな風潮だったりして」

「よくわかるな、タロウ殿は」

まあ、そんな予感はしたけどね。

「もう一つ、砂糖とハチミツは美しい女性になるための必須アイテムなのだ」

この世界の女性は、太っている方が美しいと評価される。

この世界の食料事情だと平民の女性では難しい条件で、王族や貴族の女性はせっせとハチミツや砂糖を食べて太るわけか。

「わたしは、『お前が太っても化け物だという事実に違いはない』と言われ、実は黒い砂糖しか口に入れたことはないがな」

「あっ、自分もです」

なんかもう、聞いてて悲しくなってきたな。

「タロウさん、ハチミツと砂糖が欲しいです」

「わたしもだ。特にハチミツを一度食べてみたいな」

「稼いでいるのは二人なので、遠慮しないでどうぞ」

私は、ハチミツと砂糖の購入許可を出した。

甘い物で喜ぶ女性ってのは、可愛《かわい》らしくていいものだ。

「ただ、この氷菓子を購入したので、残高20イードルクです。なにも買えません」

あっ、もうかしたら○○○棒は買えるかな？

あとで確認してみよう。

「ぬぉ――――！　休憩が終わったら、サンドスコーピオン退治を続行するぞ！」

「ララベル様、沢山倒しましょうね！」

ハチミツと砂糖のため、がぜんやる気を出した二人は、夕方まで大量のサンドスコーピオンを虐殺……退治して大金を得たのであった。

さすがに私も少し引いた。

程度の差はあれ、本当に女性は甘い物が好きなのだと思う。

＊＊＊

「人生の目的？　そうだな。今は砂獣を倒し、それで購入した品で楽しく暮らせればいいと思う」

「そうですね。このオアシスはララベル様の領地なのですが、領民もいないので開発する意味もないですし。一応、伯爵領なんですよね、ここ」

「周囲をサンドウォームの巣に囲まれ、そこを越えても、砂流船から下りればサンドスコーピオンの群れに襲われる。住みたい人間は皆無であろう」

「命がけで、ここに移住してくる人はいないと思います」

「というわけなのだが、タロウ殿はどう思う？」

「このままでいいんじゃないですか？」

事情があって世間に顔を出しにくい私たち三人は、オアシスに湧く泉の傍《そば》でチェアーに寝ころび、フルーツジュースを飲みながらノンビリとしていた。

『一ヵ月以内に10億イードルク支払えば、永久送料無料キャンペーン』という大きな目標を達成したため、今は定期的に休養日を取っているからだ。

ただ、『ネットショッピング』で欲しい物が買えないと嫌なので、砂獣を倒すのはやめていない。ラベルさんとミュウさんは、レベル上げもある種の趣味になっていたので、討伐二日、お休み一日のサイクルを繰り返すようになっていた。

三人が寝ころんでいるチェアー。

砂漠の真昼は日差しが眩《まぶ》しいので、それを防ぐビーチパラソル。

飲んでいるフルーツジュース。

好きにつまめるようにしてあるポテチやチョコレートなど。

すべて『ネットショッピング』で購入したものだ。

それと、今三人は水着姿なのだが、真っ赤なビキニ姿のラベルさんは本職のモデルも真っ青なほどスタイルがよかった。

ミュウさんも、ビックリするほど肌が綺麗《きれい》だ。

これまで、よく砂漠の日差しで肌が焼けすぎたり荒れないなと思ったら、これもレベルアップの恩恵なのだそうだ。

強い日差しは皮膚ガンの原因になると聞いたことがあるので、そういうものをレベルが防いでいるのかもしれない。

「あっ、でも念のために日焼け止めを塗った方がいいですよ」

「日焼け止めか。高級品だな」

私は、購入した日焼け止めを二人に勧めた。

「あるんだ。日焼け止め」

「レベルが低かったり、レベルが上がっても日焼けに耐性が低い、王族や貴族女性の必須アイテムなのだ。とても高価なので、金持ちしか買えないがな」

そういえば、町を歩く平民の女性たちの中には日焼けをしている人も多かったな。

していない人たちも、無視できない数いたけど。

「レベルを上げると、日焼けをしなくなる者が出てくるのだ」

「その辺は個人差ですね。レベル2でも日焼けしなくなる人もいますけど、レベル100になっても日焼けする人もいますし」

実は日焼けって、決して健康にいいことではないからな。

レベルを上げると暑さに耐性ができるのと同じで、日焼けにも耐性ができるのであろう。

「自分も日焼け止めって初めてですよ。素材は確か、『砂潜り大ガエル』の粘液ですよね？」

「らしいな」

砂潜り大ガエルは、そんなに強くはないが、非常に数が少ない砂獣である。

日中は砂に潜っていて、夜になると砂から出て砂大トカゲを捕食するとサンダー少佐から聞いた。

基本的に動くものにはなんでも飛びつくので、夜に砂潜り大ガエル目当てで砂漠に行くハンターが食われてしまうこともあるそうだが。

これの粘液が、この世界の日焼け止めの材料だそうだ。

カエルの粘液が日焼け止めかぁ……。

地球の女性にはウケそうにないな。

「タロウさん、日焼け止めを背中に塗ってもらえませんか？　届かないので」

「えっ？」

若い娘さんが、それをおっさんに頼んでいいのか？

「まさかララベル様にお願いするわけにいかないので、お願いします」

「それもそうですね」

そこは友人同士でも、主君と家臣との身分差を守るというわけか。

私はミュウさんの頼みを受け入れ、彼女の背中に日焼け止めを塗り始めた。

「いかにもお肌によさそうですね」

「高級品ですから」

とはいえ、この世界の日焼け止めは平気で数十万ドルクするそうなので、それに比べれば安いはず。

お肌への優しさは……この世界の日焼け止めの材料は天然素材なので、カエルの粘液であることに抵抗がなければかえっていいのであろうか？

「これで終わりです」

「ありがとうございます。お礼にタロウさんの背中にも塗ってあげますね」

「すみませんね」

次は、私がミュウさんから背中に日焼け止めを塗ってもらった。

美少女に日焼け止めを塗ってもらう。

悪い気はしないな。

日焼けについてだが、私もレベルアップの影響か？

日中ずっと日差しが強い砂漠にいても、全然日焼けしなくなった。

体も軽くなったし、肌艶もよくなったような……。

レベルアップには、アンチエイジング効果もあるのであろうか？

この世界に飛ばされる前、ちょっと年齢特有のお腹出っ張りが気になっていたが、サンダー少佐との訓練や、ララベルさんとミュウさんとのレベリングで筋肉が増え、大分体が引き締まった。

少しシックスパックも見えるようになったし、他の世界に飛ばされるのもそう悪いことばかりではないな。

とはいえ、私の外見がおっさんなのに変わりはないけど。

「終わりましたよ」

「ありがとうございます」

「タロウ殿、次はわたしの背中に……」

「わかりました」

「いや、ミュウじゃなくてだな……」

ミュウさん。

あきらかにララベルさんは私に日焼け止めを塗ってもらいたがっているので、そういう意地悪はやめた方が……。

私にとっても、役得ともいえるわけで。

「じゃあ、私が」

ララベルさんの背中に日焼け止めを塗っていくが、彼女もミュウさんに負けず劣らず肌が綺麗だった。

「バサバサの肌だって、言われますけどね」

「そうですか……」

この世界では、要するに太っている女性が綺麗だと評価されている。

肌も脂ぎっていたり、ニキビが酷《ひど》い方が評価されるわけだ。

一方、ララベルさんやミュウさんのような肌は、脂っ気がない『バサバサな肌』だと悪く言われるらしい。

この世界の男性たちの価値観が理解できない……。

「スタイルもなぁ……わたしももう少し肥えていればな……」

この世界だと、ドラム缶体型の女性が最高だと言われている。

私は二回しか王城に入れなかったし、王都にいる時に貴族の女性とほとんど顔を合わせたことがなかったので、大貴族の女性ほど太っているという事実を知らなかったのだ。

『太れば七難隠す』みたいな言葉があるそうで、顔に自信がない人はとりあえず太ろうとするらしい。

太って顔が膨らめば、顔の造りの差がわかりにくくなるからであろう。

「わたしも頑張って食べてみたこともあったが、まったく太らないのでな。兄からも『貧しい平民か？』とバカにされた」

ララベルさんの食事量は人並みで、さらにハンターとしての運動量は驚異的だ。

太るわけがないと思うし、私に言わせればそのままでいいと思う。

「無理して太らない方がいいですよ」

私も年齢が年齢なので、この世界に召喚される前はちょっとお腹のお肉が気になっていた。

今は痩せたので問題なくなったが。

デスクワークとハンター業では、運動量に大きな差があるからであろう。

王都での飯がイマイチだったというのもあるか。

「そうですとも、タロウさんの言うとおりですよ」

「タロウ殿の世界では、美醜の価値観が逆だったな。なかなか慣れないで困る」

二十二歳までずっとドブスと言われていたんじゃ、慣れなくて当然なのだけど。

「でも、この水着を見ればタロウさんの言うことに嘘《うそ》はないことがわかりますね」

「そうだな。この世界の高貴な女性向けの水着とは、とにかくよく伸びる。これはそうではないからな」

この世界にも水着はあるが、すべてのデザインはワンピースタイプでビキニタイプは存在しないと聞いていた。

今日の二人はビキニタイプの水着を着ているが、これは『ネットショッピング』で購入したものなので例外なのだ。

基本的に水着は水に入る時に着るものなので、これも金持ちしか買えない高価なものとなっている。

そしてそれを着る女性の大半が肥えているので、その体型に合ったビッグサイズの水着が主流で、着ている人がさらに太るリスクを考慮して、とても伸びやすい素材でできているそうだ。

つまり、この世界では痩せすぎだと言われているララベルさんとミュウさんが似合う水着など販売しておらず……元々そういう人は、そんな体型で肌を晒《さら》すなどみっともないと周囲から言われるので、肌を晒さないそうだ。

逆に、『ネットショッピング』では二人が似合う水着が主流なので、二人は私の言っていることが事実だと確信したようだ。

「太って水着がすぐに着られなくなるリスクを考慮して伸びる素材で、ですか……」

私はその光景を想像してゲンナリしたが、この世界の男性はそれに欲情したりするのだから、本当に世界が変わればなのだ。

「こうなると、『変革者』として評価されなかったのは幸せでしたね」

変に評価されて、王様や貴族から『うちの娘と結婚してくれ』と言われたら困ってしまうからだ。なまじ向こうが、美女を差し出しているのだと思い込んでいるので余計に辛《つら》い。

現代日本人的な価値観として、『あんたの娘はブスで太っている』と正直に言ってしまうと、それはそれで気まずいであろうからだ。

「難儀な話だな」

「ですから、今の生活がいいですね」

私からすれば、この二人の水着姿は本当に至福なのだから。

「二人とも、よく似合っていますよ」

「そうか。そんなこと、生まれて初めて言われたな」

「そうですね。自分たちも、タロウさんと出会えてよかったですよ」

夕方までのんびりと楽しんだあとは、夕食を作ることにした。

「このコンロ、便利ですね。火力が調整できますよ。しかもお安いです」

『ネットショッピング』で購入した携帯ガスコンロなので、そんなに高価でもなかった。

ミュウさんが作った魔力で加熱する装置は、火力の調整ができないという欠点があったので、こちらの方が使いやすい。

カセットガスも高価なものではないので、今ではこればかり使っていた。

ただ夜にテントの中を温める暖房器具は、以前ミュウさんが作ったものを使用していた。

携帯ガスストーブもあるのだが、一酸化炭素中毒の危険もあったし、毛布などの寝具を新調したらミュウさんの装置で十分に暖かかったからだ。

「タロウ殿、今日の夕食は？」

「刺身と焼き魚です」

『ネットショッピング』では魚も購入できるので、このところは魚料理が多かった。

この世界において、魚は非常に貴重な食材である。

世界の一割しかない海か、砂漠を流れている数少ない川や、オアシスの一部にしか生息せず、冷蔵庫もないこの世界では魔法で作った氷で輸送するしかないので、王都では王様でも自由に食べられないと言われているほど高価だったからだ。

『異次元倉庫』なら劣化せずに運べるが、元々『異次元倉庫』の特技を持つ者が少なく、魚の輸送に使うほど余裕もないので、やはり魚は貴重というわけだ。

「マグロの中トロ、とろけるようで美味しいですね」

「アマエビとホタテが甘いな」

「アワビの刺身はこのコリコリが美味しい。ウニも濃厚だな」

豪華な刺身の盛り合わせと、鮭《さけ》の塩焼きを食べながらご飯を食べる。

米も『ネットショッピング』で購入したものである。

この世界には、米という穀物はないそうだ。

探せば原種くらいはあるかもしれないが、食べてもバサバサで美味しくないだろう。

「お米はほんのり甘くて美味しいですね」

「米は魚によく合うな」

米は、一緒に購入したガス釜で炊いているが、やはり炊き立てのご飯はとても美味しいものである。

この世界に召喚された時、なるべく忘れようとしていたのだが、やはり米はいいな。

『ネットショッピング』という特技が便利なものでよかった。

「これも買ったんだ」

殻付きの牡蠣《かき》も購入したので、早速ミュウさんが作った加熱装置の上に網を置き、そこで焼き牡蠣を作ってみた。

彼女が作った加熱装置は、バーベキューや焼肉などで役に立ちそうだ。

「焼けたら、モミジおろし、刻んだアサツキをのせ、ポン酢をつけて食べる。お好みで、レモン汁を」

全部、『ネットショッピング』で購入したものだが、生鮮品も購入できるのは凄いな。

これがあれば、このオアシスから外に出る必要がないのだから。

「海の産品は美味しいですね」

「砂漠の真ん中で贅沢《ぜいたく》な話ではないか」

三人で焼き牡蠣を堪能し、デザートはイチゴを注文した。

この世界の原種に近い果物とは違って甘く、私たちは大満足のうちに夕食を終えた。

「果物とは、こんなに甘いものだったのだな」

「そういう風に作られていますから」

「バート王国でも作れるのであろうか？」

「できなくはないですけど、長い年月と膨大な手間がかかるでしょう」

この世界の場合、まず果物を育てる場所の確保が難しい。

砂漠を通常の土地に改良するには、とてつもない手間がかかるからだ。

その場合でもまずはパンの材料である小麦や大麦が優先されるので、原種に近くそれほど甘くない果物でも貴重でとても高価なのが現実なのだから。

「ララベルさんは、王族の義務としてバート王国をよくしたいのですか？」

「いや、そうは思わないな。もしその気があっても、あの兄のことだ。殺されてしまうであろう。兄は、大兄様の急死で誰からも期待されないまま王になった。ゆえに、臣下のことを誰も信じていないのだから」

望まれずに王になった男が、なんとか自分の爪痕を残そうとするからこそ、無能と評価された私は殺されかけたのだ。

近づかない方が安全だな。

「別に、今のままでなにも不都合ないですよね」

「「それだ！」」

私は死んだことになっているし、生きていることが下手に王様に知られると大変だからな。

このままここに籠《こも》って生活していた方が楽だ。

「砂獣を倒して金を稼ぎ、好きなものを食べて生きる。それでよかろう」

「ですよねぇ」

将来どうなるかはわからないが、今のところはそれでいいだろう。

夕食を終えた私たちは、そのあと購入したトランプやゲーム類で遊んでから就寝したのであった。

＊＊＊

「ララベルさん、一つ気になることが……」

「どうかしたのか？　タロウ殿」

「オアシスの泉なんですけど、水位が下がっていませんか？」

「確かに下がってるな……。ミュウに聞いてみよう」

お気軽ネット通販生活が始まって一週間あまり、今日もいつもと同じ日常が始まると思っていたのだが、思わぬアクシデントに見舞われてしまった。

オアシスの泉の水位が、見てわかるほど下がっていたのだ。

これがどういう状況なのかを知るべく、ララベルさんはミュウさんを呼びに行った。

「これは……このオアシスはじきに死にます」

「死ぬ？」

「まあ、『枯れる』が正しいのですが、昔から『死ぬ』ってよく言うのですよ」

ミュウさんによると、グレートデザートの砂漠地帯における人間の生活拠点であるオアシスは、時に枯れてしまうことがあるらしい。

「数千年間水が湧き続けるオアシスも多く、王都や他国の大都市などもそれなんですが、逆に、数十年、数百年で水が湧かなくなり、砂漠に消えてしまうオアシスもあるのです。逆になにもないところから突如水が湧き、オアシスができることもありますけどね」

「なるほど」

消えるオアシス、生まれるオアシスか。

そのオアシスがいつ消えるかはわからず、それは神のみぞ知るという。

「そのオアシスがいつまで保《も》つかは、本当に神のみぞ知るなのです。このオアシスは、寿命を迎えたということなのでしょう」

「そんなオアシスをわたしたちに褒美として寄越す。兄らしいな」

ララベルさんは、王様に対し嫌味を言い放った。

あと数ヵ月で枯れるオアシスを実の妹に領地として渡すのだから、嫌な奴と思われ、あいつならやりかねないと思われても仕方ないというものだ。

「ですが、そのオアシスがいつ枯れるかはわからないのでしょう？」

王様が、どうしてララベルさんにこのオアシスを領地として下賜したのかといえば、サンドウォームの巣とサンドスコーピオンの大量生息地に囲まれていたからで、オアシスが枯れるのは想定外だったと思う。

普段の言動のせいで、わざとすぐに枯れるオアシスを渡したと思われても、別に不思議ではないのだが。

あの王様ならやりかねない、と思われているわけだ。

「ミュウ。この場合どうすればいいのだ？」

「水が湧かなくなりましたからね。幸い、タロウさんの『ネットショッピング』があるので、水が湧かなくても生きていけるのですが、このオアシスに再び水が湧くかどうかは、神のみぞ知るです」

「そうか……」

ミュウさんからの説明を受け、ララベルさんは考え込んでしまった。

「タロウ殿、貴殿はどう思うのだ？」

「そうですね。ララベルさん次第かなと」

「わたし次第なのか？」

「ええ。ここは、ララベルさんとミュウさんを島流しにするため、王様から与えられたオアシスです。ララベルさんは降家したバート王国の貴族なので、貴族としてはここを離れるのはどうかと思うのです」

たとえ理不尽な命令でも、ララベルさんはそれを受け入れてしまった。

ならばたとえ水が枯れても、このオアシスを維持する責任があるわけだ。

バート王国の貴族として。

「責任か……」

「ですが、タロウさん。我々は陛下のせいで、ここに島流しにされました。はっきり言ってバート王国に義理はないのですが……」

幼少の頃からその容姿をバカにされ、命を懸けて砂獣を討伐してもそれはやまず、砂獣を倒した時に得た成果も搾取された。

普通に考えれば、バート王国に恩なんて感じなくて当然であろう。

「ララベルさんは、どうですか？」

「恩か……そんなものはないな」

「ならば、ここを脱出してもいいのでは？　二人がバート王国に未練があるのなら言いにくかったのですが、ないのなら逃げた方がいいですよ」

幸い小型砂流船が二隻ある。

これで新しいオアシスを探してもいいし、暫《しばら》く砂漠の旅を楽しんでもいいだろう。

これは、私たちがバート王国の頸木《くびき》から離れるいい機会でもあった。

「そうですね。この砂漠のもっと東方、西方、南方に向かえば、バート王国も私たちに手を出せませんし、中央海の北、西、東なんて他国の領域なので、余計に手が出せませんよ」

そう言うと、ミュウさんはグレートデザートの地図を広げた。

「バート王国の王都は、中央海の南方にありますが、その支配領域は点のみです。臣従して貢物を届けているオアシスの主《あるじ》に爵位を与えていますけど、その数は領内のすべてではありません」

他国に誇示するため、バート王国は自らの領域を地図に記載している。

ところが大半が砂漠で、領内の遠方に点在するオアシスの主を全員把握してるわけではない。

確認していないオアシスの主も多いはずで、連絡が取れておらず、実質独立小国家のようなところも多いのだと、ミュウさんは解説してくれた。

「そうか。広大な砂漠のおかげで、領内を完全には把握できていないのか」

「確認に行くだけで砂獣に襲われて死ぬかもしれませんので。強いハンターなら大丈夫でしょうが、そういう人には王都に侵攻してくる砂獣に対応してもらわないと国がなくなるので」

広大な砂漠、数が多く強い砂獣。

これのおかげで、他国もオアシスに対する支配力は大したことがないそうだ。

バート王国ができないことを、他国ができるなんてことはないだろうからな。

「砂漠に逃げてしまえば自由か」

「水や食料の確保や、砂獣対策ができないと死にますけどね」

つまり、力と水と食料が用意できない人は、自分が生まれた場所から一生移動できないということになる。

オアシスが枯れたら、運命を共にするしかないのか……。

交易船や、他国の都市に向かう船便はあるが、それには遭難のリスクがあるというわけだ。

「じゃあ、逃げますか」

「そうだな、逃げよう」

「目指せ！　新天地ですよ」

私たちは、この枯れゆくオアシスから脱出することを決意し、早速その準備を始めることにしたのであった。

「水を汲《く》むのか？　タロウ殿」

「勿体《もったい》ないじゃないですか。備えあれば憂いなし。この泉の水はそのまま飲める綺麗さなので」

このオアシスを脱出するにあたり、まずは水位が下がった泉の水を汲んでおくことにした。

砂漠で水がないと死ぬし、このまま放置しても蒸発するだけなので採取しておくことにしたのだ。

「容器はどうしますか？」

「これを購入します」

二十リットル入るポリ容器が安いので、これを購入して泉の水を汲んでいく。

満タンになったら、『異次元倉庫』にしまって終わりだ。

「タロウ殿、水は買えるのであろう？」

「水浴び用ですよ」

毎日水浴びはしたいし、そのための水をいちいち購入していたら高くついてしまう。

それなら、泉の水を汲んでおいて、これを使った方がいい。

「水を入れる容器も、砂漠暮らしなら沢山あった方がいいでしょう」

「この容器、軽くて頑丈でまったく水漏れしないいんですね」

「水が漏れない壺もあるが、重たいからな」

「容器も売ろうと思えば売れるので」

途中様子を見て、バート王国に臣従していないオアシスで行商をして金を稼いでもいいだろう。

獲得した神貨《しんか》はイードルクに変換できるので、砂獣を倒さなくても利鞘《りざや》で金を稼げるはずだ。

「私たちの命綱は『ネットショッピング』なので、砂獣を倒せない事態に備える必要があるでしょう」

「タロウさんの言うとおりですよ。自分たちだって、体調不良で砂獣討伐ができないことだってあるかもしれないですし」

「他に頼る者がいない以上、用意は万全な方がいいか。タロウ殿は年上の分、こういうことをしっかりと考えているので凄いな。尊敬できる」

「いやあ、ただの年の功ですよ」

その日は一日かかったが、無事泉の水を回収することができた。

ほとんど水が抜かれた泉の底を見ると、やはり水が湧くのが止まっている。

このオアシスは本当に死んでしまうのだ。

「次に船ですけど……二隻あるんですよね」

ララベルさんとミュウさんがここに来る時に利用した船と、私がサンドウォームたちに破壊される砂流船から脱出した時に使った小型の船だ。

二つを並べて見ると、なんと同型艦であった。

「私は大型砂流船からの脱出に使ったんですけど、二人はこの船で王都からここまで？」

「兄に言われたのだ。『お前らなら大丈夫だろう。失敗しても誰も悲しまん』と」

「……」

相変わらず、酷い兄だな。

あんなのが王様をやっている国ってどうなんだろう？

「二隻に分かれて乗るのでしょうか？」

「それだと、はぐれるかもしれないですね」

それに、寝る時に砂漠に下りるのは危険だと思う。

人が確認していない場所には、流砂や、砂の底なし沼が存在し、人を飲み込んでしまうこともあるそうだ。

つまり、船の上で生活していた方が安全なのだ。

砂獣に襲われた時、砂の上だと機動力に難があることも忘れてはならない。

「となると、双胴船かな？」

「双胴船ですか？」

「幸い、この二隻は同型船なので、搭載している魔力動力も同じはずです。ですよね？」

「そうですね。同じものなので出力は同じですよ」

「なら、この二隻を横に並べ、その上に板を敷いて固定してしまえばいいのです」

双胴船なら、居住スペースも多く取れるはずだ。

「タロウ殿、双胴船とやらにして重たくなると、船の速度や航続距離に問題が出ると思うが……」

「ララベル様、それなら自分が魔力動力のバランスを弄《いじ》ります。出力を上げて、一隻の時と同じスピードが出るようにするのは簡単なので。航続距離の方も、膨大な魔力持ちが三名もいるので大丈夫ですよ」

魔力動力を動かす魔力については、多少出力を上げても補充に問題はないとミュウさんが言い切った。

元から、ララベルさんも、ミュウさんも、ハンターの中では桁違いの魔力を持っているそうだ。ララベルさんの魔力は、驚異的な身体能力を発揮するために使われていて魔法は撃てないそうだが。

私にはこの二人を超える魔力があるのだが、実はそれがなにに使われているのかよくわからなかった。

『異次元倉庫』を維持する魔力はそれほどでもなく、『ネットショッピング』も同様だったからだ。

つまり私は、魔力が多いのに特に使い道がないという状況なのだ。

「私が魔力を補充するので大丈夫ですよ」

「ならばいいが、双胴船にする資材の問題もあるぞ」

オアシスには木が生えているが、木材に加工しなければ使えない。

改造する資材はどうするのだと、ララベル様に尋ねられてしまった。

「『ネットショッピング』で木材や工具も購入できますので」

「なんでも売っているのだな」

というわけで、私は木材やノコギリ、トンカチ、釘《くぎ》などの工具を購入して二隻の船を双胴船に改造する作業を始めた。

船はシンプルな作りなので、マストと帆を取り外し、二隻の間に長い板を渡して一隻の双胴船にする。

「タロウさんは器用なんですね」

「たまにこういうことはしていたのです」

実は私は、古い一軒家に住んでいた。

亡くなった両親の家で、当然古いのであちこちガタがきており、定期的に自分で直していたのだ。

私にはこれといって趣味がなかったので、こういう作業で休日の時間を潰していたわけだ。

「ミュウさん、魔力動力の方はどうですか？」

「同調と出力アップはもう終わりましたよ。後部のちょうど中心部分に新しい舵《かじ》を設置した方が船を動かしやすいはずです」

「それも、私がやりますので」

「わたしもなにか手伝おうか？」

「ララベルさんの手をわずらわせるまでもないですよ」

「自分も手伝いますから」

「ミュウさん、釘を打つのが上手ですね」

「魔導動力もそうですが、自分は調理器や温熱機など、簡単な魔法道具も作れますので、多少はできますよ。それにしても、いい木材と使いやすい大工道具ですね」

慣れているのであろう。ミュウさんは器用に木材をノコギリで切り、二隻の船の間に渡した板と船とを釘で打ちつけていた。

「マストはここかな。帆も張り直さないと」

「タロウさん、二隻の船を横に並べて板を張ったのでスペースは広がりましたけど、それでも今まで使っていたテントは使えませんよ」

「じゃあ、小さなテントを購入しますよ」

これまでオアシスで使っていたテントは、『異次元倉庫』にしまっておけばいい。

いつか使うこともあるはずだ。

他にも、いくつか使いそうなキャンプ用品なども購入しておいた。

船の改良は三日ほどで終わり、その他の準備も終わって、いよいよもうすぐ出発というその時。

ララベルさんは、泉のほとりに生えている木を見ていた。

「ララベルさん、どうかしましたか？」

「いや、わたしたちは水が枯れたと言って逃げられるが、これらの木々は砂漠に埋もれて枯れるしかない。可哀想《かわいそう》だなと思ってな」

兄からの理不尽な命令でこのオアシスに島流しにあったララベルさんだが、そんな環境にあっても優しさを失っていないのは凄いと思う。

王族として正しいのかはわからないが、私は人間としてのララベルさんに好感を覚えた。

「じゃあ、持っていきますか？」

『異次元倉庫』は植物なら保管できるので、ここにしまってどこか別のオアシスに植樹し直せば、上手《うま》くすれば根付くかもしれない。

余裕で保管できるので、私はこのオアシスの木や植物も持っていくことを提案した。

「そうだな。どこかに移してあげれば、生き延びられるかもしれない」

そう言うと、ララベルさんはオアシスの木々を引き抜き始めた。

一人でヤシの木に似た巨木を一気に引き抜いてしまうのは、さすがというべきか。

私も、できる限りこのオアシスに生えている植物を根ごと抜いて回収していった。

「そういえば、加奈《かな》も同じようなことを言っていたな」

もう二十年以上も昔のことだ。

とある雑木林が開発されると決まった時、加奈はそこに生えている木が可哀想だと言っていた。

そして私と二人、一本だけ小さな木を抜いて庭に埋めた。

あの木は、加奈の死後もちゃんと成長してくれたのを思い出す。

「わたしに似たカナさん？　それはどなただ？」

「昔に亡くなった婚約者ですよ。ララベルさんのように、木が枯れるのを可哀想だと言って植樹したのを思い出すのです」

「そうか……わたしに似た」

「発言がですよ。彼女はララベルさんとはまるで見た目も違いますしね」

加奈はどちらかというと可愛いというタイプで、体型も日本人女性の平均に近かった。

ゴージャス美人であるララベルさんには、容姿では負けるからなぁ……。

そんなことを考えながら作業をしているうちにオアシスの木や植物の回収も終わり、いよいよ出発となった。

「全力で走れば、サンドスコーピオンは攻撃してこないでしょう。問題は、サンドウォームの巣ですね。ここでは戦闘があるでしょう」

「船を壊さないようにしないと」

「サンドウォームなら、私でも数を倒せるので戦力になるはずです」

「では、出発するか」

「そうですね」

「出発進行です！」

双胴船に改造した船の魔力動力のスイッチを入れると、船は順調に進み始めた。

動力の同調に失敗して船が真っ二つになって壊れないか心配だったが、予想以上に改造が上手くいったようだ。

一隻の時と同じスピードで船は前進していく。

「さらば、オアシスよ」

私たちは新しい安住の地を求め、改造双胴船で砂漠の海に乗り出したのであった。

第八話　新しい決意

「（可愛《かわい》らしい子だな……）加藤《かとう》太郎《たろう》です」

「佐倉《さくら》加奈《かな》です。よろしくお願いします」


私が加奈と出会ったのは、大学……この世界にもあるのだろうか？

ちょっと高度なことを教える学校……別に私は、それほど頭がいいわけではないけど……だった。

入学後、とあるサークル……同好者の集まりみたいなものだ。基本、飲み会しかしなかったけど……の入学歓迎コンパ……飲み会で彼女と知り合った。

彼女はとても可愛らしいので、先輩や同級生たちにチヤホヤされていた。

私はこのように見た目も普通の男で、それほど女性にモテるわけでもなかったので、人あたりのいい彼女とお互い自己紹介をして挨拶を交わしたのみ。

と思っていたら、いつの間にかよく一緒に遊びに出かけるようになり、気がつけば周囲は私たちのことをカップルだと思うようになっていたという次第だ。

どうして彼女が、私のような男を好きになってくれたのか？

今でもよくわからない。

男女のことは、本当にわからないことだらけなのだ。

共に大学生活を過ごし、いよいよ就職活動が始まった。

その頃には私と加奈は結婚しようということになっており、私は少しでもいいところに就職……この世界だと、いいところに仕官するみたいな感じか……しようと努力していたのだが、ちょうどその時に、同じく就職活動をしていた加奈が倒れた。

彼女は急性白血病で……この世界では知られている病気なのだろうか？　とにかく治療が難しい病気であった。

完治を目指して彼女の治療が始まり、私は就職活動の合間、時間があれば彼女の傍《そば》にいた。

加奈は、自分が就職できないことを申し訳ないとよく言っていたが、私は別に構わないと思っていた。

今はただ、病気を治すことだけを考えればいい。

私がいいところに就職するから、加奈は妻として家を守ればいいのだと。

女性も働く。

この世界の人たちはどういう風に思うのだろう？

私のいた世界では、近年女性も働くのが主流になっていたが……とにかく私は、病気が完治した加奈との結婚生活を目指して懸命に努力した。

その成果が実り、正直なところ私が通っていた大学ではまずは入れないような、非常に待遇のいい会社に入れたのだが、これも加奈のおかげであろう。

入社後も大変だと思ったが、彼女と所帯を持てるのであればと努力したわけだ。

そして彼女の病状であったが、できる限りの治療をしたが、残念ながらもう手の施しようがないと医者から言われてしまい……。

でも、私はそれを信じたくなかった。

だから必ず彼女は治ると信じて、今にも絶望してしそうな気持ちを隠しながら彼女と一秒でも長くいたいと、仕事をしている時以外は極力一緒に過ごした。

ところが残念ながら容態は悪化するばかりで、彼女も自分でも気がついてしまったのだろう。

もう自分は助からないと。

だから、彼女はこう言ったのだ。

『太郎さん、私が死んだら、いつまでも義理立てしないでちゃんと新しい女《ひと》とね』

『ははは、加奈は治るから、それはあり得ない想定だな』

『太郎さんは嘘《うそ》が下手ね。でも、そういう人だから私は太郎さんを好きになったのだと思う』

私は胸が張り裂けそうだった。

どうして彼女は病に倒れ、もう助からないのか、と。

優しい加奈が病気になり、世の中にいるとんでもない悪党が健康なままでのうのうと生きているなんて。

そんな風に思って世の中に絶望するなんて、今思えば私も若かったのだろう。

いくら私が嘆き、叫んでも、加奈の死は刻々と迫っていて、それを止める術《すべ》は私にはないのだと。

私はただ、彼女の傍に居続けるだけしかできなかった。

本当は、せっかく内定が取れた会社にも行く気力がなくて辞退しようかと思ったのだが、加奈に叱《しか》られたのだ。

『私はもう駄目だけど、太郎さんにはこれから輝かしい未来があるの。人生を捨てては駄目』

彼女の方が迫り来る死に対し不安や恐怖が大きいはずなのに、私を叱って励ましてくれた。

やはり私は駄目な男なのだ。

なんとか気力を振り絞り、無事入社を果たしたのだが、ついに最期の時間が訪れた。

『桜が綺麗《きれい》……お花見に行きたい……』

これが、加奈の最期の言葉だった。

きっと彼女は、私と、のちに産まれたかもしれない私と彼女との子供と一緒にお花見に行くことを夢見ながら、天国へと旅立ったのだと思う。

加奈の死後、私は彼女を失った悲しみを埋めるように……要するになにも考えたくなかったのだ……仕事に集中した。

私の地頭では、そんなに出世できなかったけど。

大きな会社だったので、学閥などの問題も……同じ大学の先輩が後輩を引き上げることが多かったのだ。

貴族がいなくても、人間とはそういう生き物なのだと思う。

彼女が死んで二十年近く。

ようやくか。

自分の足が地についたような感じがしたのは。

正直なところ、これからの人生どうしようかなと、漠然と考えていた時に召喚されたのだ。

今思えば、他の女性とお付き合いしたり、結婚してもよかったような気もしなくもなかったが、やはり彼女のことを思い出すと……。

実はそれを理由に、自分がモテないのを誤魔化していただけかもしれなかったのだけど。

「……とまあ、こんな感じかな」

若い女性にする話でもないような気がするけど。

見渡す限り砂漠しか見えない、砂漠の海と呼ばれる広大な無人地帯を急造の小さな双胴船で渡っていく。

まずは、王都から離れた南西を目指してひたすら船を走らせる。

たまに砂獣《さじゅう》とも遭遇するが、それらはすべてララベルさんとミュウさんがすぐに倒してしまうので問題なかった。

夜は船を停止させ、船の上に張ってあるテントで眠る日々。

とにかく単調な生活であり、とても暇なので、私は二人に自分の過去の話をした。

このモテない私が、若い頃に亡くした優しい婚約者の話をだ。

未来ある若い二人に話すような内容とも思えないのだが、旅が長く話題が尽きてしまったのでつい話してしまったのだ……しまったのだが……。

「カナ殿、その無念お察ししますぞ……」

「ううっ、悲恋、悲恋です。涙が止まりません」

「あのぅ、ハンカチをどうぞ」

「かたじけない、タロウ殿」

「すびばせん。ずずぅ———!」

こういう話は、若い女性たちにはツボなのであろうか？

二人とも滝のような涙を流して泣いているので、私は急ぎ購入したハンカチをそっと差し出すのであった。

それとミュウさん、ハンカチで豪快に鼻をかまれると普通の男性は引くと思います。

＊＊＊

「なるほど。よく理解できた」

「なにがですか？　ララベル様」

「タロウ殿が、どうしてわたしたちに手を出さないのかだ」

「それは、自分たちだからでしょう。『お前が結婚？　砂大トカゲとか？』と言われる自分たちですよ」

「ミュウは理解していたはずなのに、たまにおかしなことを言うな。タロウ殿の美醜の判断は、この世界の常識と逆なのだぞ」

「そういえばそうでした。つまり、タロウさんにとって、亡くなったカナさんという方の存在が大きいのですね」

夜中、停止した船の上に張ったテントの中で就寝していたが、タロウ殿はぐっすりと寝ているのに対し、わたしたちは目が冴《さ》えたままであった。

先ほど、タロウ殿の若い頃の話を聞いたからかもしれない。

彼には昔亡くした婚約者がいて、今もその彼女を忘れられず、義理立てもしているから、これまで結婚もせず一人だったのだと。

この世界なら、四十一歳で未婚の男性などあり得ない。

本人がどんなに拒絶しても、周囲が無理やり結婚させてしまうからだ。

タロウ殿がいた世界でも、結婚すべきだと勧めた者がいなかったとは思えない。

つまり、彼はいまだに亡くなったカナという女性のことを深く想《おも》っているのだと。

「羨《うらや》ましい話だな」

「そうですよね。『お前らの顔を長く見て、夢にでも出たら悪夢でしかない』と、見ず知らずの男性貴族から言われていた自分たちからすると」

「同じ『過去』でもまったく違うな」

「思い出すと、悲しくなりますよね」

「だがな。今、わたしたちに幸せへの転機が訪れている。ミュウは理解できるな？」

「当然ですよ。タロウさんは、自分たちをドブスだとバカにしませんからね」

それどころか、わたしたちのことを美しいとまで言ってくれる。

こんな男性、このあとに現れるとは思わない。

「過去の資料を改めて見ると、大昔の『変革者』の大半は女性の趣味が悪かった、と書かれています。まあ、これは研究者のオフレコ扱いの資料からで、表向きの歴史資料だと『情け深い。博愛主義者だ』とか書かれていますけど……」

それは、双方の認識の違いというやつだな。

この世界の人間からすれば、『変革者』はその偉大な功績により美女など選《よ》り取り見取りのはずなのだが、わざわざドブスを選ぶ、女性の趣味が悪い奴ということになる。

まさか『変革者』の女性の趣味が悪いなどと悪口を書けないので、そんな女性をあえて伴侶に選ぶ優しくて情け深い人、という評価にしているわけだ。

本当は、ただ自分の趣味に合った美人を選んでいるだけだというのに。

世界が違うと、価値観も大きく変わる。

あの兄には永遠に理解できないであろうが。

だからタロウ殿を、いらない『変革者』扱いするのだ。

「この大きな唯一のチャンスを利用したいな。言い方は悪いが、なりふり構っていられないだろう」

ミュウは知らないが、わたしだって普通に結婚して子供が産みたいのだ。

王都にいた頃、あまりに男性たちからバカにされるので、ドブス仲間のミュウと常に行動を共にし、砂獣退治でレベルを上げることに集中するようになった。

確かに、レベルが上がるのは達成感のようなものがあって楽しいのだが、やはり普通の女性と同じように男性と結婚したいと思ってしまう。

この世界の男性相手だとそんな願いは絶望的だが、幸いにも『変革者』であるタロウ殿と知り合って行動を共にしている。

今すぐとは言わないが、ぜひタロウ殿の妻になりたいと願うのは分不相応な願いなのであろうか？

「自分も、ララベル様の意見に賛成ですよ」

「ミュウもそう思うか」

「今後、もしタロウさんと行動を共にしなくなったとします。タロウさんに別行動にしようと言われても、自分たちは拒否できませんからね。ハンターとして強いだけの自分たちでは」

「『異次元倉庫』、『ネットショッピング』共に大きな力だからな。それに、タロウ殿はハンターとして弱いわけではない。レベルも上がりやすいので、将来わたしたちの方が足手纏《あしでまと》いになってしまうかもしれないのだ」

「そうなったら、自分たちはもう永遠に男性から相手にされないでしょう」

「他の『変革者』に会わなければな」

「バート王国の召喚装置は、グレートデザートで知られている装置の中では一番高性能です。他の国は、数百年に一度しか召喚されないとかが普通なので」

つまりわたしたちは、死ぬまでに新しい『変革者』とは会えない可能性が高いというわけだ。

タロウ殿と出会えたのは、これは幸運であったと。

「他の国の、同じように中央政府が把握していない砂漠に『変革者』がいたとしても、自分たちには捕まえられませんよ。まさに、砂漠の中で一粒のダイヤモンドを探すような行為です」

「それは厳しいな」

「だからですよ。自分はタロウさんの奥さんになりたいです。でもふと思うのですけど、タロウさんは自分たちが年下すぎて、ある意味娘みたいな感じだから、遠慮してしまうのかもしれないです」

「そうなのか？」

わたしは二十二歳で、タロウ殿は四十一歳だから十九歳差か……。

そのくらいの年齢差の夫婦、別に珍しくもないと思うが……。

ミュウは十六歳なので、年齢差は二十五歳か……。

状況にもよるが、やはり別段珍しくもないな。

この世界では、砂獣と戦わない人たちでも、働いていて暑さで死ぬ者が多い。

一家の大黒柱を失った家の女性が、稼ぎを優先して嫁ぐ男性を決めるのは珍しくないからな。

年齢差など考慮しておられまい。

「年齢差が大きい夫婦を忌避するのは、タロウ殿の世界の常識か？」

「かもしれませんね。彼の言動から察するに、その可能性は非常に高いです」

「まずは、それをどう解決するかだな」

つまり、年齢差を感じさせなければいい？

わたしが『大人の女性』になればいいのか？

「わたしがもっと大人の女性になる。さすれば、タロウ殿との年齢差が縮まって見え、彼も躊躇《ちゅうちょ》せずわたしに手を出すという戦法だ。どう思う？」

これはなかなかいいアイデアだな。

具体的にどうするのかは、わたしの知恵袋でもあるミュウに任せればいいか。

「いやあ、ララベル様って意外と子供っぽいですし、無理と違いますか？」

「……ふんっ！」

「痛いですよぉ――――！　ララベル様」

いつも世話になっているし、大切な友でもあるが、今の一言には頭にきたので無意識に拳骨《げんこつ》を落としてしまった。

だが、わたしが一方的に悪いということはないと思う。

六つも年上のわたしを子供扱いしているが、ミュウだって普段は大人の女性とは言えないではないか。

＊＊＊

「加奈？」

「ふんっ！」

「あがっ、久々に夢で会えたのに、いきなり一撃食らった！」

砂漠の海を旅するなんて、とても珍しいことをしているからであろうか？

随分と久しぶりに、夢の中に加奈が出てきたのだが、出合い頭《がしら》に鳩尾《みぞおち》に一撃食らってしまった。

加奈は滅多に怒らないのだが、たまに怒ると結構怖いのだ。

「太郎さん、私は怒っています」

「なぜ？」

加奈に叱られる原因は、身に覚えがないのだが……。

「もしかして、命日の墓参りを忘れたから？」

でもそれは、この世界に飛ばされて一週間後だったから。

ちゃんと事前に有給の申請を出して認められていたのだが、他の世界に召喚されてしまい、墓地に行けなかったのだから不可抗力というやつだ。

「落ち着いたら、この世界にお墓を作ろうと思ったんだけど」

「いらないわ。お墓なんて」

「いらないの？」

『ネットショッピング』では、位牌《いはい》とか墓石も購入できるので検討していたのだが……。

「そんなお金があったら、あの子たちに指輪の一つでも買ってあげなさい」

「年頃だからね」

若い女性はお洒落《しゃれ》をしたいものだと、以前加奈から聞いたことがある。

ララベルさんとミュウさんがそう思っても当然だし、むしろこれまでのことがあったので余計にそう思うはずだ。

「そういうことじゃなくて、指輪は婚約指輪よ」

「いきなり？」

「太郎さん、あなたはもしもの時には必ずヘタれるわね。色々と余計なことを考えてしまう」

「否定できない……」

今にして思えば、私が初めて加奈と出会った時、あんなに可愛い子は私なんて相手にしないよなと、最初から諦めていた。

先に声をかけてきたのは、加奈の方だったのだ。

「太郎さんの事情は理解しているわ。別の世界に飛ばされてしまい、呼び出した王様から役立たずだと思われ、殺されそうになってしまった。そんな時に、あの子たちと出会った。あの子たちは、この世界で多くの人たちのために頑張っていたのに、容姿のせいでバカにされ続けてきた。それなのに歪《ゆが》むことなく、いい子じゃないの。あの子たちの気持ちに応えるのに抵抗があるの？」

「おっさんだからね」

あの子たちは若い。

もし日本で四十一歳のおっさんが二十二歳と十六歳の女性に交際を申し込んだり、結婚したらなにを言われるか。

そういう、世間からの評価を強く気にしてしまう年になったのだと、私は加奈に説明した。

「あとは、加奈のこともあるかな」

「いやあ、もうすぐ二十年じゃない。どうかと思うな」

「えっ？　加奈がそれを言う？」

おかしいな？

亡くなった頃の彼女の思い出というか、イメージと違うような……。

久々に夢で逢《あ》ったからか？

「見た目は変わっていないけど、私もアラフォーだから」

あの世で過ごした時間分、加奈もおばさん化したのか？

「つて！　痛いじゃないか」

「太郎さんも、おじさん化したじゃないの」

「それは否定しない」

だって、本当におじさんだから。

今さら若者ぶろうとは思わない。

「まだ老け込むような年じゃないでしょう？　これから男盛りなんだから、新しい世界で頑張ってよ。日本の常識なんて、この世界で気にする必要あるのかしら？」

「そうだったな」

私は、もう日本のしがないサラリーマンじゃないんだ。

グレートデザートという砂漠だらけの世界に召喚された、『変革者』という世界を変える力がある者なのだ。

今は私を殺そうとした王様から逃げきれているが、痩せても枯れても彼は権力者だ。

いつ理不尽なことをしてくるかわからない。

また命を狙われるかもしれず、あれやこれやどうでもいいことに気を使っても意味はないんだ。

この世界で頼りになるのは自分だけ……いや、ララベルさんとミュウさんがいたな。

私たちは、バート王国からいらない者扱いされた仲間同士。

バート王国に仕返しするのは難しいが、あの王様に意趣返しするには……。

「自分たちが楽しければ、それでいいんだよな」

「正解。大丈夫よ。あなたがこの世界で生を終えた時、また私と出会えるから。今度は別の輪廻転《りんねてん》生《しょう》した世界で、私たちは今度こそ夫婦になれる」

「それは楽しみ……あれ？」

加奈は、どうしてそれを確信しているんだ？

あの世で加奈と再会はできるだろうが、来世の話を死者がどうしてわかる？

「あら、勘が鋭くなったわね。実は、私はあの世で修行中で、今度は太郎さんと夫婦になって添い遂げたいですって神様にお願いしたら、じゃあその太郎という男を、自分が管理している世界に送り込むからって言われたの。そこで太郎さんが自分なりに好き勝手に人生を送ってくれれば、その条件を呑《の》むって」

「つまり、私がこの世界に召喚されたのは、加奈のせいなのか？」

「ごめんなさい！　私もやっぱり未練があって。太郎さんと夫婦になって添い遂げたかったから」

私の指摘は図星だったようで、加奈は見事な土下座をした。

こんな綺麗な土下座、うちの会社の部長が自分のミスで太客を失って、専務にしたやつ以来だな。

「別にいいよ。加奈は心配したんだろう？　私を」

そうだよな。

加奈が死んでからの私は普通に働いてはいたが、それは生活のためで、どこか地に足がついていない状態だった。

このまま定年まで勤めあげ、年金を貰《もら》って、特にすることもないので一人で散歩なんてして一人で死んでいく。

そんな人生の幕引きだったと思う。

それに比べたら、今の生活は大変なところもあるけど、結構充実しているような気がするんだ。

王様はクソだけど。

「今の私は真に生きているってことか」

「あなた基準で可愛い子が二人もいて、両手に華でいいじゃない。私は、次まで待っていてあげるわ」

「そうか。そうだよな。加奈、わざわざすまなかった。やっぱり加奈はいい女だな」

「でしょう？」

「また会うその時まで」

「ええ、またね。元気で」

「加奈こそ」

「死人は、基本的にずっと元気よ。だってもう死なないもの」

「それはそうだ」

久々に夢で再会した加奈はちょっとおばさんが入ってたけど、とことん話せてよかったと思う。

この世界への召喚も、私のボンヤリとした人生を心配して活を入れるためだったのか。

ならば、私もこの世界でマイペースにやっていこうと思う。

気合を入れてなんてのは合わないけど、自分なりのペースでやる。

それでいいのだろう。

そんなことを考えているうちに、私の意識は徐々に遠ざかっていくのであった。

＊＊＊

「タロウ殿？」

「タロウさん？」

「もう朝か」

目を覚ましたら、ララベルさんとミュウさんが私の顔を覗《のぞ》き込んでいた。

悪夢を見てうなされていたとか、そういうことはないと思うのだが、なにかあったのであろうか？

「……ララベル、どうかしたのか？」

「えっ？　いえ、ただお腹が減ったなと」

「今のところ、自分たちの料理能力は微妙なので。ララベル様は特に酷《ひど》いです」

「こらっ！　わたしは調理の経験がないだけだ」

「じゃあ、やってみるか？　私が教えるよ。料理などの家事は、平民の女性でも、ハンターなら男性でも外で簡単な調理くらいはする。誰にでも、ある程度までは覚えられるさ。ミュウは元々器用だから、すぐに私よりも上手になると思うけど」

「わたしもやります」

「こういうことは、三人ともできた方が便利だから」

「そうだな。わたしもすぐに覚えてミュウを抜いてみせましょう」

「ララベル様、負けませんよ」

「朝食は、パン、スープ、サラダ、卵とベーコンでいいかな？　ララベルは、目玉焼きの担当だ」

「わかった。卵の黄身は半熟だな」

「タロウさんの世界の卵は、本当に生食できるから凄《すご》いですよね。自分はスープを作ります」

三人で作った朝食を食べたあと、船はオアシスを目指して走り出した。

これからどうなるかは神のみぞ知るだが、加奈のおかげで視界がクリアーになったような気がする。

私にララベルとミュウを情熱的に口説くことなんてできないであろうが、この二人に拒絶されなければ、これからも一緒に楽しく暮らしていこうと思う。

私たち三人の旅は始まったばかりで、むしろこれからが本番であった。

第九話　白い高額の粉

「ミュウ、ずっと砂漠というのも飽きるな」

「そうですね。ですが、もうすぐとあるオアシスに到着するんです」

「有名なオアシスなのか？」

「『シップランド』という、有名なところですね。これまでの旅路からわかると思いますが、非常に遠いので行ったことがある王都の人間は非常に少ないですけど。そこは、王都周辺にあるバート王国の統治下にあるとされているオアシス群と、一応バート王国領内にありながらバート王国など無視している独立領主たちとの交易を仲立ちしているオアシスなのです」

「支配下に入るのを拒絶しているオアシスと、バート王国は交易をしているんだ」

「大人の判断というわけです。独立領主たちは、なにか利がなければ王国に臣下の礼など取らないので。王国も、無礼だからといっていきなり討伐するわけにもいかないですし、そんな余裕はないので」

「砂漠が、強固な防衛ラインというわけか……」

「そうなんだが、そのせいで各オアシス間の交流が非常に少なく、足りないものも多い。オアシスという狭い空間で一生を過ごす者が多いせいで、輸入品が好きな者が多いのも特徴だな。だが、輸入品なので価格も相当なものだ。一攫千金《いっかくせんきん》を目指して貿易商になる者も多い」

「小さな船から始めて、目指せ大商人ってわけか」

「当然死ぬ者も多く、船の遭難率も高いので、ハイリスク・ハイリターンというわけです。砂獣《さじゅう》との戦いもあるので、ハンターと被《かぶ》る仕事ですね」

二週間以上も砂漠の船旅を続けていたが、そうなるとやはりオアシスが恋しくなるものである。

それをミュウに言ったら、彼女はもうすぐある有名なオアシスに辿《たど》り着くと教えてくれた。

シップランドという、文字どおり湿布が名産の……というのは冗談で、交易船が集まる中継地があるオアシスだそうだ。

船が沢山集まるから、シップ（船）のランド（国、土地）なのであろう。

「そこは、バート王国の支配下なのかな？」

「一応、あそこの領主は『子爵』ではありますよ」

「とはいえ、王国の介入など嫌うのでな。実質独立領主みたいなものだな。小国の主《あるじ》だ」

バート王国及び、バート王国に忠実なオアシスの領主たちと、バート王国の臣下にはなりたくないオアシスの主たちとの貿易を取り持っているのか。

ある意味、中立国のような扱いなのであろう。

「双方が揉《も》めないよう、シップランドが仲立ちしているわけか」

「タロウ殿は話が早くて助かる。結局はバート王国に外征能力など皆無なので、多くのオアシスの主たちを従えることができないのだ。ところが、王国貴族には臣下の礼も取っていない連中と貿易をするなと、騒ぐ者もいる」

ところが、そんなことをすれば王都に多くの物資が並ばなくなってしまう。

そこで、一応領主がバート王国子爵であるシップランドを介しているわけか。

「シップランドの主は、美味《おい》しい位置にいるんだなぁ」

「中継貿易の雄といった感じですね」

「王城でも、羽振りがいいと有名だったな」

貿易中継点というだけで、シップランドは他のオアシスよりも圧倒的に財政が豊かであった。

多くの交易を行う砂流船が集まるので、船を建造したり修理する造船所も多数あり、そこで働くために多くの人が集まってくる。

大規模な貿易商が船員を集めるので、これを目指す人も多い。

船員は危険な分、他の仕事よりも稼げる。

さらに大型船の船員が多いので、自分で小型船を買って商人になるよりも安全に金を稼げるというわけだ。

安全策を取って、船員として稼ぐか。危険だが、もっと稼ぐために自分が商人になるか。

独立前の資金稼ぎで船員になる人もいるので、どの人生を選んで、どんな結末になっても自己責任というわけだ。

「やっぱり、船が小さいと厳しいか」

「二隻とも小型船って言っていますけど、本来大型船の脱出艇なので、小型ボート扱いですね」

これから旅を続けていくにあたって、ちゃんとした船を購入した方がいいというわけか。

「三人なので、普通の小型船でいいと思います」

「双胴船にしてしまった、この二隻の小型船は売れるのかな？」

「船自体でいうと、中古品扱いなのでそう大した値段でもないと思います。魔力動力と、二隻を繋《つな》いでいる木材がそこそこ高く売れるくらいですかね？　結構いい値段で売れるでしょうが、新品の船はもの凄《すご》く高いので」

この世界の大半は砂漠なので、森林がとても少ない。

木材の生産量が極端に少なく、非常に貴重で、木材の大半は外国からの輸入品だそうだ。

「まずは魔力動力二つと木材を売り、あとはなにか高く売れそうなものを売って新品の船を購入するか」

中古の船を買うという手もあるが、これから長旅が続くかもしれない。

新品の方が安心というものだ。

「売るのは『ネットショッピング』で購入した品になるな」

「タロウ殿、砂糖がいいのでは？」

高級品なので、高く売れるはずだ。

特に白砂糖は。

「それがいいかな」

「多分、数百キロも売ればかなりいい船が手に入るはずです。あっ、でも……」

この船に、数百キロの砂糖を積んできたと言い張るのは怪しいな。

砂糖の出所を聞かれ、私の『異次元倉庫』と『ネットショッピング』が知られると危険だ。

「どうする？　タロウ殿」

「そうだなぁ……」

「タロウさん！　砂獣の襲撃ですよ！」

『ネットショッピング』で購入した大量の砂糖を怪しまれずに捌《さば》く方法を考えていたら、突然ミュウが複数の砂獣の気配を察知した。

同時に、船に搭載している砂獣の接近を知らせる魔導探知機もけたたましい警報音を鳴らしていた。

この魔導探知機も、安全な船旅のためだと言ってミュウが自作したものだ。

比較的簡単に作れるそうだ。

もっともそれはミュウの主観で、私とララベルには作れなかったが。

「タロウさん、砂獣の標的は自分たちではありませんよ」

「となると、他に襲われている船がいるのか？」

「あそこです！」

ミュウ指差した前方では、小型の交易船に数十匹のサンドウォームたちが襲いかかっていた。

よく見ると、残念ながら船上には生存者はいなかった。

甲板に血糊《ちのり》が残っているので、サンドウォームたちに食べられてしまったのであろう。

次の彼らの目標は、木でできた船体だ。

サンドウォームは硬い木でも噛《か》み砕いて口に入れ、時間をかけて消化してしまうのだ。

「タロウさん？」

「ミュウ、こういう場合って、亡くなった商人の船と積み荷は誰のものになるんだ？」

「それは手に入れた者です」

「遺族はなにも言わないのかな？」

「言うかもしれないですけど、言っても仕方がないといいますか……」

船や船主は、無人の砂漠で遭難したり、砂獣に襲われて死んでしまうので、まずどこで死んだのかわからないケースが多いというわけか。

長らく戻ってこないから死んだと判断されるわけだが、絶対に死んだという証拠もないらしい。

「元々船乗りって、砂漠で荷を運んでいる時間が長く滅多に故郷に戻らないので。故郷が嫌で飛び出した人も多いから、遺族の方も安否を気にしない人が多いんですよね。所帯を持つと妻子は安否を気にして当然なんですけど」

とはいえ、船主を亡くした妻子が、遺体や遺品、船荷、船の残骸を回収するなどまず不可能だし、そんな依頼を引き受けるハンターはほとんど存在しないというわけだ。

たまたま遭難現場を通りかかった船がそれらの回収に成功したとしても、それを遺族が引き取るとなれば、莫大《ばくだい》な謝礼が必要となる。

なぜなら、その船乗りも命がけで遺体や荷物を回収してきたからだ。

自分が砂獣に襲われてしまうリスクもあるので、普通は船の残骸を見つけてもそのまま無視してしまう。

稀《まれ》に、船の魔力動力、残骸、船荷目当てで回収を試みる者もいるが、潜んでいた砂獣に襲われて二重遭難する者も多いらしい。

「遭難した船の探索は非常に危険なので、遺品はその危険を冒した者のものというわけです。自分で回収できない遺族に権利はないという考えなのです。遭難していた船を漁《あさ》って賭けに勝ち大金を手に入れる者もいますが、死ぬ者も多いですし、意図的にそういった船を探していたケースは少なく、偶然見つけたというのが多いですね。遭難した船を漁っても、なにもなくて徒労に終わることも多いですし」

命がけで回収してきたものを返せとは、遺族でも言えないわけか。

ハンターや他の船主も、遭難したと思われる船を狙って動くというケースは稀で、大半はたまたまそこを通りかかったら遭難した船があったので、危険を冒して探ってみた。

そうしたら、運よく高価な船荷が見つかった。

魔力動力や船体がそんなに壊れていなかったので高く売れた。

そんなものらしい。

「じゃあ、私たちが貰《もら》ってもいいな」

「そうですね。なんら問題ないです」

「ならば、行くぞ！」

「ララベル様、気合入ってますね」

「ずっと船旅で、退屈だったからな」

すでに乗組員が全滅した……どうやら乗っていたのは船主一人だったようだが……小型船を襲っていたサンドウォームの群れは、ララベルの剣撃とミュウの魔法ですぐに全滅してしまった。

私も久しぶりに戦ったが、二匹だけサンドウォームを槍《やり》で倒して終わりだったな。

いてもいなくても、戦闘結果はそんなに変わらないという。

私たちが倒したサンドウォームは消えてイードルクに変換されたが、サンドウォームに食われていた船主の遺体は出てこなかった。

砂獣の体内に入っているものも消えてしまうようだ。

サンドウォームに食い千切られ、消化途中の人間の遺体を見なくて済むのは幸運だと思うことにしよう。

「タロウさん、魔力動力は無事ですね。船荷は……これも無事です。大量の塩ですね」

「塩か……」

砂漠にも岩塩が採れる場所があるので、塩は砂糖よりは安かったが、岩塩すら採れないオアシスもあるので安くない。

人は塩がなければ生きていけず、さらに砂漠だと汗をよくかくので、この世界の住民は塩を大量に欲するという事情があった。

これだけ大量の塩があれば、かなりいい値段で売れるはずだ。

「小規模の貿易商人は、まず塩に手を出しますね」

「利幅は狭いけど、確実に売れるからか」

小型船の船主ほど在庫を嫌う。

運んだ荷を目的地ですべて捌けず、次の目的地に積んでいくほど無駄なことはないからだ。

運ぶ荷を間違え、到着したオアシスで商人に買い叩《たた》かれてしまう船主も多く、デビューしたばかりの船主は安全パイである塩を運ぶことが多いわけだ。

「この船主は初心者だったのかな？」

「いや、そうでもないな。タロウ殿、『魔法箱』がある」

「魔法箱？　ああっ！　聞いたことがある！」

ララベルは、船倉の端にある宝箱のようなものを見つけて私に教えてくれた。

彼女は、その正体にすぐ気がついたようだ。

魔法箱とは、人間が抱えて持ち上げられるくらいの箱で、その中に小屋一軒分くらいのものが収納できる箱であった。

小型船でも多くの荷を運べるので便利ではあるのだが、作るのが難しいのでとても高価な品だ。

『異次元倉庫』の特技持ちなど、世界に五人いれば多いくらいなので、過去にこれが開発されたのだと、サンダー少佐から世間話として聞いていた。

「ミュウは、魔法箱を作れるの？」

「無理ですね。作るのが難しいんですよ。これだと、一個で一億ドルクくらい普通にしますね」

「高いなぁ……」

「でも、大型船よりは安いんですよ」

沢山荷が載せられる大型船を建造し、多くの船員を雇って荷を運ぶか。

それとも、小型船に魔法箱を載せて大量の荷を運ぶか。

双方にメリットとデメリットが混在していて難しい選択ではあるな。

「大型船は船員を多く乗せられるので、砂獣対策には効果的ですね。砂獣も、大型船を襲う確率が低いので」

絶対ではないが、小型船よりは確実に安全であることが実感できるそうだ。

「でも私は、大型船でサンドウォームに襲われたけど……」

「あの兄の指図で、船長たちはわざとサンドウォームの巣に突っ込んだようだからな」

いくら砂獣が大型船を避けるとはいえ、大量生息地や巣に入り込めば襲われて当然というわけか。

砂獣側も数が多いので、強気になって船を襲うというのもある。

「大型船でも通行すると危険な場所は、これまでの航行経験から作られた地図に載っていて、『砂流船員協会』が販売している」

砂漠で荷を運ぶ船員たちの組織が、危険領域を示した地図を売っているのか。

シップランドに入ったら、購入しておかなければ。

「それで、この魔法箱の中身はなんでしょうね？」

「早速開けてみよう」

ララベルが魔法箱の蓋《ふた》を開けると、中には大きな目の細かい麻袋がいくつか入っていた。

「中身は……」

袋を開けてみないとわからないので、麻袋を破ると、中から黒っぽい塊や粉が出てきた。

「これは？」

「砂糖ですね。これだけあると結構な金額ですよ。魔法箱に、砂糖を仕入れられる余裕がある身の上。定期航路で稼いでいた中堅の船主だと推測されます」

独立したばかりの船主は、とにかく大変だ。

砂流船は小型でも非常に高額なので、まず即金では購入できない。

誰かから借金をするか、地図を売っている砂流船員協会からちゃんと働いていた船員だという保証を受け、ローンを組んで船を手に入れるそうだ。

遭難のリスクが大きいので、ローンを組んだ船主が死んでも遺族に責任はないそうだが、その代わりローンの金利がバカ高い。

ローンを返済すべく、ほとんど休みも取らずに荷を運び続ける。

小型船で利幅を増やそうとすれば、魔法箱が必須となるが、これはローンで購入できないそうだ。

どんなに頑張ってもローンの返済には十年以上かかるのだが、それが終わって、定期航路で荷を運び、安定した収入を得られるようになれば儲《もう》けものらしい。

この遭難した小型船の船主も、そういう人だったようだ。

「せっかくローンの返済も終わったのになぁ……」

私は独り身で、両親の実家を相続して住んでいたのでローンを組んだことなどないが、きっと私とそう年も違わなかったであろう船主を思うと、ちょっと切なくなってしまうのだ。

「ここって、安全だから航行していたのでは？」

「タロウさん、砂獣は生き物なので、時に動くこともありますよ」

これまで安全な航路だったのが、いきなり砂獣の巣になってしまうこともあるし、逆のケースもある。

また、たまたま彷徨《さまよ》っていた砂獣の群れと遭遇してしまう不運もあるということか。

「地図は頻繁に更新されます。だから、結構高いんですよね」

砂流船員協会としても、船主や船員たちの安全のため常に航路情報の収集に努めているが、どうしてもタイムラグが出てしまうこともあるというわけか。

「今回の場合、たまたまサンドウォームのハグレ群れに遭遇して襲われたのでしょう。こういうこともたまにあるそうです。大型船の船主や、ハンター兼業の船主で強い人なら問題ないんですけどね」

全員が全員、船主が強いわけではないということか。

ハンターの大半が砂大トカゲを倒せるくらいが限界なので、小型船主の大半にとってサンドウォームは脅威となってしまうのだ。

「あまり考えても意味はないか。撤収しよう」

「タロウ殿、魔法箱の存在はありがたいな。これに『ネットショッピング』で購入した砂糖を積んでいけばいい。そうすれば怪しまれないぞ」

「なるほど。いいアイデアだ」

結果的に他人の魔法箱を奪う結果となってしまったが、これも砂漠で生きる者の定め。

それに、死んでしまった人のことよりも、まずは生きている人間の方が大切だ。

今の私は、綺麗事《きれいごと》を言える日本に住んでいるのではない。

ありがたく頂いていくことにしよう。

「タロウさん、船はまだ魔力動力が生きていますね。船体も使える木材は多いです。シップランドまであと少しなので、曳航《えいこう》して運びますか？」

「いや、曳航は危険だ。この船は別の場所で捌こう」

そのままこの小型船を曳航していくと、この小型船の船主の遺族が騒ぐかもしれない。

ルールはルールなので船や積み荷を奪われることはないと思うが、私たちが魔法箱で砂糖を運んできたというシナリオを、シップランドの住民に怪しまれてしまうのはよくない。

「私は死んだことになっている人間なので、慎重に行動した方がいい。慎重すぎると思うかな？」

「いや、思わないな。兄は突然王にされた力のない王だ。自分の力を増そうと四苦八苦しているのは、タロウ殿への扱いを見てもあきらか。そういう者は無茶をするからな」

「とはいえ、シップランドは実質他国です。船の遺族が出張ってきて、そこに砂流船員協会が関わるとなると貴族の関係者も出てくるでしょうが、そこまで警戒する必要もないかと……念のためですか？」

今すぐお金にしないといい困るわけでもないので、壊れた小型船は隠すに限るということだ。

魔法箱は、どれも同じような作りなので特定するのが難しく、そのまま使ってもまずバレないそうだ。

「この船の積み荷だった塩と砂糖も、他の場所で売ることにしよう」

半壊した小型船と積み荷の塩と砂糖を『異次元倉庫』にしまい、手に入れた魔法箱に『ネットショッピング』で購入した砂糖の大袋を詰めていく。

小屋程度の収納量というのは間違いないようで、五百袋ほど積み込むことができた。

「三十キロ×五百袋で十五トンか。高く売れるだろう」

「高いどころではないですけどね。精白した砂糖は、よほどの大金持ちしか使えません。積み荷の黒砂糖ですら非常に高価ですから」

やはり小型船の船主は、それなりの身代があったようだな。

高価な砂糖を仕入れられるのだから。

「作業は終わり。じゃあ、行こうか」

「そうですね」

「いざ、シップランドへ」

砂獣に襲われていた船から、積み荷と船を頂いた私たちは、再び船を走らせる。

すると、半日ほどで大きなオアシスが見えてきた。

「あそこが、シップランドですね」

「本当に大きな町なんだな」

私たちは、久々に人の住む町へと到着したのであった。

＊＊＊

「ようこそ、シップランドへ！　見ない顔だが、商売かい？」

「ええ、かなりの長旅でしたよ」

「その船でか。いい腕なんだな。砂獣に襲われて大変だったろう」

「それを退ける実力はありますよ」

「なるほど。このシップランドではな、稼ぐ船乗りは尊敬される。沢山荷を運んで儲けた奴は、出身など関係なくな。このシップランドで名を成している貿易商だって、先祖はどこの馬の骨ともわからない貧乏人だったが、腕一本でのし上がったんだ。いい船乗りは尊敬されて当然。余所者《よそもの》でも、大量の荷を持ってこの町に辿り着けば、船着き場を借りられる。余所者だから高いってこともない。誰でも金を払えば船を置ける。この大きさの船なら、一日二万ドルクだ」

「では、一週間分で」

「まいどあり。積み荷がいい値段で売れるといいな」

シップランドは、とても大きなオアシスだった。

オアシスを囲うように、大小沢山の砂流船を係留する船着き場があり、私たちは小型船用の港に船を預けた。

一日につきいくらと係留費用がかかるが、金さえ払えば誰でも船を泊められ、盗難を防ぐため警備もちゃんとしてくれる。

このシップランドにおいて、船を盗む奴ほどの悪党はいないそうだ。

船と、船が運ぶ荷こそがシップランドの経済力の源泉なので、船の窃盗は問答無用で死刑だそうだ。

船が止まれば、この町は死んでしまう。

人口を考えると、食料の完全自給など不可能なので、住民の命綱である船を盗む奴は人殺しと同じ扱いなのだそうだ。

「魔法箱があるから、小型船なのか」

「できたら、もう少し大きな船が欲しいので稼いでいます」

「だろうな。三人なら、もうちょっと大きな船の方が移動も楽だぜ」

係留所の職員と思われる中年男性と話をしながら情報を集め、船も無事預け終わったので町に移動することにした。

「ララベル様、その仮面暑くないですか？」

「安心するがいい。この仮面はあまり暑くならないのだ。ミュウの魔法もあるしな。ミュウこそ、暑くないか？」

「以前使っていた仮面とは段違いですよ」

『ネットショッピング』でプラスチック製の仮面を購入したので、以前の金属製の仮面よりは暑くならないはずだ。

とはいえ、暑くないわけがないんだが……ミュウの魔法がクーラー代わりだからいいのか。

「魔法って、便利なんだなって思う」

「とはいえ、かなり精密なコントロールが必要なので、三名分で限界です」

「大変なら、私の分はいいよ」

「いえ、そういうわけにはいかないですし、纏《まと》まってくれた方が魔法のコントロールは楽なので」

「そうか、距離が離れてると魔法のコントロールが大変なんだ」

私は、ミュウとの距離を縮めた。

ミュウの魔法は涼しいので、できれば魔法があった方が楽だからだ。

おっさんなので、暑さへの耐性も下がって……レベルアップの影響でそうでもないか。

「顔を隠さなくてもいいような……」

「わたしたちは、この世の男性に好まれる顔をしていないのでな」

「それと同時に、自分たちはこの顔ゆえに有名人でもあるのです。特にハンターたちの間では」

ララベルとミュウが、仮面で顔を隠している理由。

この世界では非常に醜い女性という扱いなので、どうしても素顔で歩くと周囲の人たちに注目されてしまうからという理由と、二人はガチで強いハンターなので、その業界では有名人だからというのもあるそうだ。

「バート王国の歴史に残るであろう醜い王女にして、ハンターとしても有名であり、やはりドブスなのでさらに目立つわたしだ。当然シップランドにも知れ渡っているはずなので、顔は隠すに限る」

「以下同文です。『そんな王女に付き添う双璧のドブス魔法使い』とは、自分のことですからね。知り合いが絶対にいないという保証もないので」

「……」

二人は私に顔を隠す理由を教えてくれた。

私としては心苦しいのだが、本人たちが納得しているので口を出せないのだ。

世界が違えば、逆にこの二人は綺麗すぎて周囲の注目を集めてしまうだろう。それを思うとやるせなさを感じてしまう。

「無用なトラブルは避けるに限る」

「嘆いても、世間は斟酌《しんしゃく》してくれないですからね。隠してなにも言われないのなら僥倖《ぎょうこう》です」

「考えようによっては、私にだけ綺麗な顔を見せてくれると思えばいいのか」

「いっ、いきなりそんなことを言われると恥ずかしいではないか」

「そうですよ、卑怯《ひきょう》ですよ」

「ごめんごめん。じゃあ、砂糖を売りに行こうか」

私が魔法箱を持ち、盗難を避けるため二人が護衛をしながら町中を歩いていく。

シップランドは、稼ぎたい者が沢山集まる町。

当然、夢破れてスラムの住民になったり、犯罪に走る者も多いので、治安は王都よりも悪いとミュウが教えてくれた。

成り上がるのも、落ちぶれるのも自由。

成功者も多いが、貧富の差が激しい場所でもあるのだ。

「タロウ殿、どこで荷を売るのだ？」

「それをミュウに尋ねようと思ったんだ」

「自分にですか？」

「このシップランドで、一番の大物貿易商は誰かなって」

「それなら、間違いなくガルシア商会ですよ。鼻もちならない王都の大貴族たちでも気を使っていますから。このシップランドの領主であるシップランド子爵家とも懇意です」

シップランドの領主の姓は、そのままシップランドなのか。

わかりやすくていいな。

「でも、これだけのオアシスの領主が子爵なのか……」

「いらぬ嫉妬をかわすためとか。ほぼ独立領主で、現状はバート王国も手を出していませんけど、その気になれば兵を出せる場所ではあるのです」

無理をしてバート王国がこのシップランドを攻め落としても、戦争をしている間は船が動かなくなってしまう。

誰も得をしないわけで。

だからここの領主は子爵のままでいて、王都にいるプライドだけは一丁前の大貴族たちに配慮しているわけだ。

「金持ち喧嘩《けんか》せずだな」

「タロウさんの世界の言葉ですか？　言い得て妙ですね。そんな感じですよ。荷は、ガルシア商会で売却するのですか」

「それが一番手っ取り早いし、一番安全だ」

「そんなものなのか？」

「見ていればわかるよ」

私たちは通行人にガルシア商会の場所を教えてもらい、急ぎ向かった。

「人が多いですね」

「さすがは、シップランド一の大商人の本店だな」

ガルシア商会は、町の中心部に大きな店を構えていた。

普通に買い物をしている客に、荷を持ち込んでいる船主たち、使っている従業員の数も多く、多くの人たちで賑《にぎ》わっていた。

「荷受けの受付はここか」

「いらっしゃいませ。荷の売却ですか。魔法箱をお持ちですね」

「この箱の中身を売りたいんだ」

「荷はなんでしょうか？」

「白い砂糖だ」

「それは高価な品を……こちらへどうぞ」

私たちは若い男性従業員の案内で、いくつかある受付の後ろ側の部屋へと案内された。

「別室での鑑定なのか」

「白い砂糖は高級品です。偽物が多いのですよ」

若い男性従業員によると、バート王国のみならずシップランドでも砂糖は百パーセント遠い他国からの輸入品。

ゆえに、砂糖自体の高さと合わせ、輸送費用も加わって恐ろしい値段になるそうだ。

「近辺のオアシスにいる、質の悪い犯罪者モドキの船主たちが、偽物の白砂糖を持ち込むのですよ」

そう言うと、途端に部屋の外から多くの人間の気配を感じた。

私でも感じたのだから、ララベルとミュウはそれよりも早く気がついたようだ。

ララベルは腰に差した剣に手をかけ、ミュウもすぐに魔法を唱えられる状態となっていた。

「偽砂糖売りだと疑われているのか」

「本物の砂糖だと証明されれば問題ないと思いますが。偽物が多いので、無礼はご勘弁を」

つまり、偽物を売りに来た船主は外の連中に拘束されるわけか。

シップランドで詐欺未遂をすると、どんな罪状になるのであろうか？

「確認してみればいい」

私は、魔法箱から白砂糖の袋を取り出した。

「麻袋も品質がいいですね」

「他国の品さ」

「我が国で、これほどの品質の麻袋を探すのは無理でしょうね」

紙袋のままだと、日本語で『上白糖』と書かれているので疑われてしまう。

そこで、土嚢《どのう》を詰める麻袋を購入して、そこに白砂糖を詰め込んでいたのだ。

安い麻袋なのだが、この世界基準でいうと作りのいい麻袋という評価のようだ。

「では、確認させていただきます」

若い男性従業員は、麻袋の紐《ひも》を解き、中に入っている白砂糖を少量取り出し、それを口に入れた。

「これは……」

「白い砂だったかな？」

「いえ、こんなに白くて品質のいい砂糖は初めてでしたので……失礼いたしました。それで、これがあと何袋でしょうか？」

「五百袋ほどさ」

「暫《しば》しお待ちを」

若い男性従業員は、急ぎ部屋を出ていってしまった。

倉庫の確認でもしているのであろうか？

そんなわけないけど。

「お偉いさんを呼びに行ったんだろうな」

「この数ですからね」

これだけの白砂糖なので、当然、買い取り金額は莫大なものとなる。

若い男性従業員では判断できない金額なので、お偉いさんを呼びに行ったのであろう。

数分すると、私とそれほど年が変わらなそうな男性が入ってきた。

平凡な容姿の私と違い、いかにもできるといった感じの人物であった。

「うちの者が失礼しました。ガルシア商会の当主を務めております。タラント・ガルシアと申します」

「これは、ご当主自らがお越しとは。お手間をかけさせて申し訳ありません」

まさか、当主が出てくるとはな。

番頭くらいだと思っていたんだが。

「久々の白砂糖の大商い。ここは私が、自ら顔を出さないと失礼にあたりますので」

挨拶を終えると、私はさらに奥にある倉庫へと案内された。

そこには麻の袋が数十個積まれており、空気が乾いているように感じる。

砂糖が湿気《しけ》るのを防ぐ、専用の倉庫なのであろう。

「ご覧のとおりです。うちでも、白砂糖の在庫はこの程度なのです。ああ、白くない砂糖はもっとありますよ」

「(タロウ殿、これだけでもひと財産だぞ)」

この世界の人たちは、本当に甘い物が好きなんだな。

だが、砂漠だらけの土地ではサトウキビもテンサイも育たない。

花が咲く植物が少ないので、ハチミツもそんなに採れない。

需要に対し生産量が極端に少ないので、自然と高価になってしまうのだ。

糖分が採れる植物や砂獣もいると聞いていたが、こちらは大半が大人の大好きな酒の醸造に使われてしまい、ますます甘い物は高価になってしまうそうだ。

ハチミツと砂糖だけ、異常に高価だとも言えるのか。

「失礼ながら、検品させていただきます。よろしいですか？」

「勿論《もちろん》ですとも」

一袋だけ本物の砂糖で、あとのは白い砂を詰めた偽物なんてこともありそうなので、確認は慎重に行うのであろう。

どうせ全部本物の砂糖なので、好きなだけ確認すればいいさ。

私たちが魔法箱から取り出した五百袋の白砂糖は、ガルシア商会の当主と従業員たちにより、全部本物だと認められた。

「素晴らしいですね。それにしても、よくこれだけの白砂糖を」

「借金の形《かた》なのですよ」

「借金の形ですか……」

「ええ、借金の形です」

自分は他国の人間で、ザルニア王国が領地だと主張している独立領主のオアシスを故郷とする住民だ。

船を購入すべく金を稼いでいて、その資金が貯《た》まったのでさて船を新造しようかという時に、知り合いに金を貸してしまった。

ところが、その知り合いは金を返せなくなって逃亡してしまう。

その知り合いの親に文句を言ったら、この砂糖で返されてしまった。

元々砂糖の産地であるザルニア王国で売却しても貸した金には到底届かず、それならシップランドに持ち込んで、そこで船を建造すればいいと思った。

以上、ミュウから砂糖の産地がザルニア王国という北方の国だという話を聞き、この国の支配が及ばない、独立領主が治めるオアシスからやってきたという嘘《うそ》をついたわけだ。

「私の名は、ターロー・カトゥーです」

名前も経歴も、ここに来た事情もすべて嘘。

偽名の方は、かなり本名に被っているけど。

どうせ船乗りなんて出身が怪しい人たちが多く、故郷で家族と揉めて出てきたなんてまだ可愛《かわい》い方だそうだ。

悪さをして故郷を追い出された奴が仕方なしに船乗りをしているケースもあり、それでも荷を運ぶ船乗りは偉いというのが、業界やシップランドの評価というわけだ。

なので、私が偽名を使おうと、『変革者』である事実を隠そうと、ララベルとミュウが顔を隠していても、そこはあえて追及しないのが本物の貿易商ということだ。

「なるほど。そこのお二方は？」

「私の婚約者です。心強い仲間でもあります」

「……そうですか……」

ガルシア商会の当主は、バート王国貴族とも付き合いがある。

気がついているのかもしれないな。

だが、彼が本物の商人なら、ここで彼女たちの正体についてなにも言ってこないはずだ。

「遠いところからご苦労様でした。全部で五十億ドルクですね」

確か前に、ララベルさんは白砂糖スプーン一杯で十万ドルクくらいすると言っていた。

さすがに小さじではなく大さじであろうから、大さじ一杯で九～十グラム。

白砂糖の末端価格は、一グラム一万円かぁ……。

覚せい剤みたいな値段だな。

持ち込んだ白砂糖は、三十キロの袋が五百個で十五トン。

末端価格だと百五十億円くらいか。

その値段で売るとガルシア商会の大赤字なので、三分の一は妥当かな。

税金も高いし、他のコストも嵩《かさ》むからだ。

「五十億ドルクですか。遠くから運んだ甲斐《かい》がありますよ」

「そう言っていただけるのであれば。あっ、そうそう。新しい船のご購入をご検討中だとか？」

「そうですね。新しい船で故郷に戻りたいです」

「それでしたら、いい造船所を紹介しますよ。紹介状を書きましょう」

「わざわざすみません」

「いえいえ、私どももいい商いをさせていただきましたので」

私たちは、ガルシア商会の当主から五十億ドルクと造船所への紹介状を受け取った。

教会の口座に振り込むと言われたら困ってしまったのだが、現金で渡してくれてよかった。

船代を差し引いた五十億ドルクの預金が、いきなりイードルクに変換されて消えたら、驚くだろうからだ。

先の二千万ドルクの件もあるので、今は大人しくしていた方がいい。

「じゃあ、次は造船所に行こうか？」

「そうだな。新しい船を手に入れよう」

五十億ドルクを魔法箱に入れ、私たちはガルシア商会の当主から教えてもらった造船所へと向かうのであった。

＊＊＊

「ガルシア商会の旦那が紹介状を書くほどの客だ。五億ドルクってところだな」

「ええ、構いませんよ」

「細かい仕様はどうする？」

「任せます。親方は船のプロでしょう？　長距離航行が多いと思うので、頑丈さとメンテナンス性重視ですかね」

「任せな。あと、お前さんたちがやっつけ仕事で繋いだ双胴船。魔力動力と木材代扱いで買ってやるよ。見積もりはあとで出す」

「わかりました。やっつけ仕事ですか……」

「素人にしては上出来だが、俺たちプロから見れば、やっつけ仕事だな」

「納得しました」

「すまねえが、俺たちはこれで飯を食っているのでね。でも、いい板と釘《くぎ》を使ってるな……他国の品かい？」

「はい」


ガルシア商会の当主から紹介された造船所の主は、いかにも頑固そうな爺《じい》さんだったが、腕前はよさそうに見えた。

そうでなければ、シップランド一の大商人が勧めるわけがないので、船のことはお任せでいいだろう。

私たちの大工仕事をやっつけだと評価し、『ネットショッピング』で購入した木材や釘のよさを褒めたので、腕は本物だと思う。

「これが三人から五人乗りで、居住空間にも配慮した小型船だな。複数の魔法箱を積んで運用するのを想定している」

新造とはいっても、一から作ってもらうと時間がかかりすぎてしまう。

ある程度完成している船を選び、最終艤装《ぎそう》をして引き渡しというやり方であった。

大型船は見切り発車で建造しないので、これは完全に注文生産だそうだ。

「うわぁ、新しい船はいいですね」

「そうだな」

ララベルとミュウが乗っていた船は、あの兄からの贈り物なのでかなり古い。

私が脱出に使った船も、大型定期便の脱出用で、もうそろそろ替え時といった感じなので同じく古かった。

元々無料なので文句は言えないが、実際に船を見ると、新しい船はいいものだと思ってしまうのだ。

「じゃあ、お願いしますね」

「わかりました。これが代金です」

「五日後だな」

「すまねえな」

魔法箱の中から船の代金を取り出して爺さんに渡し、私たちは造船所をあとにした。

「わたしはこういうことに詳しくないのだが、値引き交渉はしないのか？」

造船所を出るやいなや、ララベルが私に質問してきた。

こういう時、商人なら値段交渉をするのが普通なのではないかと思ったんだろう。

「していい値引き交渉と、してはいけない値引き交渉がある。あの造船所は、ガルシア商会の当主も認める腕のいい造船所だ。多分、他の仕事が詰まっている状況なのに、紹介状のおかげで無理に割り込めたわけだ」

「そういうところに値引き交渉は駄目ですか」

「紹介状を書いた、ガルシア商会の当主に恥をかかせることになるからだ」

それに、船の作りや性能が悪いと命に関わる。

金がなくてもどうにか安く船を手に入れたい船主希望者ならわかるが、私たちは金がないわけでもないし、ここでケチるのは危険だろう。

「ガルシア商会の当主との取引でも、タロウ殿は砂糖の代金を上げろと言わなかったな」

「今回のケースでは、言わない方がいいのさ」

高価な白砂糖の大取引なので、もっと高く買ってくれと言うのも間違いではないと思うけど、もしここでガルシア商会と取引が成立しなかったとして、別の商会がガルシア商会よりも多くの金額を出すとは思えない。

すべてを買い取るのも不可能であろう。

複数の商会にあれだけ大量の白砂糖を売却すれば、当然私たちは目立ってしまう。

犯罪者たちに金を狙われるかもしれないし、目立てばバート王国に目をつけられるかもしれない。

「だから、このシップランド一の大商人のみと取引したのか」

「彼はあそこまで成り上がった大商人で、このシップランドというオアシスの性格上、バート王国にベッタリではないはず。ここは一応バート王国領でも、実質独立領なのだから」

私たちがいい客である間、彼は私たちの正体についてあれこれ詮索《せんさく》してこないし、私たちがライバル商人たちに流れてしまうような下手は打たないはず。

なぜなら、他の商人たちのせいで美味しい商売ルートを失いたくないからだ。

造船所を紹介してくれたのも、その船でまた来てくれというわけだ。

「ただ商売していただけなのに、そこまで読んでいるんですか。タロウさん、大人ですね」

「私が勝手にそう思っているだけかもしれないけど」

でも、本当の答えからはそう遠くないはずだ。

「ところで、泊まる場所はどうしようか？　船は造船所に引き取られてしまうからな」

新しい船が手に入るので、あの双胴船は下取りに出すことになった。

魔力動力と一部木材しか金にならないそうだが。

係留所の代金を節約したいので、双胴船はもう運び出すことになっていて、新造船の艤装が完成するまでは、このシップランドで滞在ということになるはずだ。

「宿を取るか」

どうせ金はあるからな。

節約といっても、金ならララベルとミュウが砂獣を倒したイードルクも沢山あるので、ドルクはそんなに必要なかった。

この町を出たら、イードルクに変換してしまおう。

「せっかくだから、高級な宿にでも泊まるか？」

「たまにはいいのかな」

「そうですね」

せっかくなので、この町で一番高級な宿に泊まろうと向かったのだが、そんな私たちに声をかける者がいた。

「失礼します。私はガルシア商会の者です。船のご注文は無事に終わったようでよかったです。船ができるまで、屋敷に泊まっていただければいいと主が申しております」

「私たちのような新人船乗りに、天下のガルシア商会がそこまで配慮してくださるとは。光栄です」

「いえいえ、主は将来有望な取引先といい関係を結びたいと言っておりまして。ぜひ、ご招待を受けていただきたいと」

「それは勿論。ありがたくご招待をお受けいたします」

「(タロウさん、大胆ですね)」

「(砂獣の巣に飛び込むことになるやもしれぬな)」

「(大丈夫さ。どんなご馳走《ちそう》が出るのかな?)」

もしガルシア商会の主がそんなバカなら、とっくにガルシア商会はシップランド一の商会から転落しているはず。

高級宿もいいが、この町一番の大商人からの招待だ。

せいぜい楽しもうと思う。

久しぶりに、建物の中で寝られるな。

第十話　虚無

「私からの招待を受けていただき、感謝の言葉もありません」

「こちらこそ、わざわざご招待いただき、大変ありがたく思っていますよ」

ガルシア商会の主《あるじ》の屋敷は、このシップランド の領主シップランド子爵邸にも負けない豪華さと大きさであった。

屋敷の大きさという権勢で領主と競っているということは、親戚でもあると聞いているシップランド子爵家と対立状態にあるのであろうか？

それとも、実質このシップランドの実権を分け合っている状態なのかも。

どうもガルシア商会は、ただの大商人というわけでもなさそうだ。

政商と呼んでも差し支えはないだろう。

「ガルシア商会とシップランド子爵家は、仲良しというわけでもありませんが、水面下では手を繋《つな》いでいるのです。ただシップランド子爵一族の人間が平民になって商会を興したわけではない。これも、シップランドの独立性を保つためです」

「そんなにバート王国の圧力が増したのですか？」

思わずララベルが、ガルシア商会の主に質問してしまった。

これまでなんとか貿易中継地ということで独自性を保ってきたが、自分の兄のせいでそれも危うくなってきたと思ったからであろう。

「今代のバート王国の陛下は、とにかく力が欲しい。なにか実績が欲しいと焦っているようですね。ララベル王女様」

「招待などされるので、バレている予感はあったがな」

さすがは、シップランド一の大商人。

情報収集能力もピカ一で、とっくにララベルの正体に気がついていた。

「別に私は、あなた方をどうこうするつもりはないですよ。今のララベル王女様は……そういえば、降家して伯爵になられたとか……。サンドウォームの巣に囲まれた無人のオアシスの主。独立領主がどこに出かけようと勝手というわけです。まさか、あんな小さな船でここまで旅してくるとは驚きでしたが」

正体がバレると面倒なのは、公的には死んだことになっている私だけ。

ララベルとミュウが、シップランドに船の建造を頼んでもおかしな点はないからな。

別に二人は、なにか罪を犯したわけではないのだから。

「このシップランドの直轄地化を狙っているのですか？　陛下は」

「そうでしょうね。ララベル様の側近で、優秀な魔法使いにして参謀でもあるミュウ殿。バーナート男爵家の四女でしたか」

「ララベル様のみならず、自分の情報も掴《つか》んでいると誇示して、こちらに力を見せているのですか？　ガルシア商会の現当主殿」

「そんなつもりはありませんよ。情報を集めようが集めまいが、バート王国の王はシップランドの直轄地化を狙っていて、今はその準備を水面下で行っています。ここを直轄地化して王家が中継貿易の利を独占すれば、新王の功績は比類なきものになり、王族や貴族たちも新王に従うという寸法です」

「誰か止めないんですかね？」

このシップランドが貿易中継地として栄えているのは、この地が名ばかりのバート王国の貴族領だからだ。

もし王国の直轄地になってしまえば、今の繁栄を一気に失うであろう。

「王家自体の力は増すからいいと考えたのかな？　王家だけ得して、あとは大損したとなれば、ますます王家の力は増すであろうと考えた？」

「それも考えなくもなかったんですけどね。どうにもあの若い王の考えは、私には理解しきれないのですよ」

シップランドは、シップランド子爵家の統治下にあるからこそ、独立領主のオアシスから大量の荷が流れ込むのだ。

もし王国の直轄地となって王家が取り仕切るようになると、色々と不都合が出てしまう。

「バート王国が主張している領内にいる独立領主たちは、シップランドに荷を売ってくれなくなるかもしれません」

杓子定規《しゃくしじょうぎ》に言えば、バート王国に臣従していない独立領主のオアシスから来た荷を購入するなどもっての外《ほか》。

というのが、バート王国の本来の姿勢、方針であった。

建前ともいう。

ところがそれだと王都が物資不足になるので、シップランドを挟むことでその問題を曖昧にしてきたわけだ。

シップランド自体が名ばかりバート王国貴族の領地で、実質は独立領主だからこそ、その誤魔化しが通用してきた。

だが直轄地化してしまえば、バート王国としては臣従していない貴族領からの荷は持ち込むなと言わざるを得ない。

シップランドを直轄地化しても、バート王家自体は損をすることはないだろう。

ちゃんとバート王国に臣従している貴族たちもいて、そこと取引をすればいいのだから、荷が完全に途絶えることはないからだ。

ただ、全体の貿易量が減ってしまうので、バート王国全体から見れば大損なのだが、貴族たちが困窮すれば、逆に力を増やしたい王家には都合がいいという考え方もできるわけだ。

「他国に対し、国力の面で不利になると思うけど」

「どうせ砂漠のせいで他国と戦争になんてならないので、一時的な国力の低下には目を瞑《つぶ》り、国内の統制を強化したいと、今のバート王国国王が思ったのかもしれない。と考えるわけです。我々は」

「あの兄ならあり得るかな？」

多少無茶をしてでも、自分の王としての力を誇示したい。

ララベルは、自分の兄の心の闇を誰よりも理解しているのかもしれない。

「とはいえ、バート王国がシップランドに兵を向けるのは、まだ何年も先でしょう。出兵には準備が必要ですからね」

少なくとも、シップランドの防衛戦力に勝る軍を派遣しなければいけないからだ。

同時に、その軍勢を運ぶ船と、彼らが消費する水と食料か……。

「グレートデザートにおいて、大軍を遠くの拠点に送り込むのに必要な、食料、水、その他物資を集めるのは難しくないですか？　現地調達も不可能でしょうし」

不可能というか、現地調達などした時点で占領した町が崩壊してしまうのだ。

元々オアシス頼りの水と、それを利用した食料生産しかできないので、シップランドみたいに貿易が盛んでないと、食料生産量以上の人間を送り込んでも飢え死にしてしまうからだ。

住民が死に絶え、町が壊滅したオアシスをいくら確保しても意味がない。

人を送り込んで一から再建するのもありかもしれないが、コストや手間を考えるとわざわざ軍勢を送り込む意味がない。

もしそんなものがあれば、どの国も遠く離れたオアシスにいる独立領主たちを放置しないであろう。

「五年後くらいを目途に、色々と準備しているみたいですよ。バート王国は税金が高いですからね」

「そうですね」

ハンターが討伐した砂獣《さじゅう》の素材と、ドロップする神貨《しんか》の半分が徴収されるからな。

農民、商人、職人なども同じような状態らしいが、先代王の頃はもっと安かったそうだ。

今の王になってから、税金が倍近くまで上がったらしい。

その頃に私はいなかったから、気がつかなかったのだけど。

「シップランドは税が安いですからね。高くても二割ですから」

これだけ景気がいいとな。

そんなに沢山の税を取らなくてもやっていけるのであろう。

そして、税が安いからこそ多くの人や船主、商人が集まって商売に精を出す。

すると余計に、シップランドには金が集まるわけだ。

「バート王国軍による、シップランド侵攻は五年後ですか。確証はあるのですか？」

「こういう時に商人は、物資の移動量や取引量でバート王国の物資備蓄量をおおよそ推察できます。送り出す軍勢の数と、彼らが必要とする水と食料の量も計算できますし、なによりバート王国が呼び寄せた『変革者』は不慮の事故で亡くなったとか。新しい『変革者』の召喚は五年後ですしね」

なるほど。

私がいらない『変革者』扱いされ、始末されそうになったのには、そんな理由があったのか。

でも、あの王様は選択を誤ったたな。

のちに私が、『異次元倉庫』の特技を獲得するのは予想外だったたであろう。

これがあれば、物資の移動が簡単にできるのだから。

とはいえ、それをわざわざ教えに行ってあげる義理はないけど。

「『変革者』は亡くなったのですか」

「完全な証拠はないですけど、バート王国は五年後の再召喚を目指して、召喚に使う装置に魔力を溜《た》め始めたそうです。そこでも国民たちに負担を強いて、人気がないようですけどね。『変革者』になにもなければ、装置に魔力を溜めるのなんて、要は五十年かけてやればいいわけでして。急いでいるということは、そういうことなのでしょう」

バート王国は、なぜか私が死んでいると確信しているわけか。

教会の預金口座が消えてしまった事実に気がついたのかな？

となると、教会の預金者情報保護にも隙《すき》があるというわけだ。

「というわけで、我々はバート王国に対しては時間があるので、そこまで悲観していません。当然情報収集と防衛の準備は怠っていませんけどね。ですが、今差し迫った危険がありまして……」

「差し迫った危険？　砂賊か？」

「いえいえ、ここを狙う砂賊なんていませんよ」

砂賊とは、要は海賊みたいなものだ。

この世界では、砂の海を巡って船を襲うので、海賊ではなく砂賊というわけだ。

砂流船を持つ商人とどこに差があるのかといえば、そこは難しいところだけど。

なぜなら、困窮した商人で砂賊になってしまう者もいたからだ。

砂漠を移動中に砂賊に襲われ、行方不明になっても、『砂獣に食われてしまったのだろう』で終わってしまうケースも多いからだ。

「『虚無』が近づいているのです」

「虚無？」

そんな名前の砂獣がいるのであろうか？

それとも、なにかもの凄《すご》い自然災害とか？

「ターローさん、虚無とは巨大なサンドウォームのことですよ。これまでに、いくつものオアシスを飲み込んできた砂獣です」

ミュウは頭がいいので、すぐに私の偽名に対応してきたな。

巨大なサンドウォームがいて、それがオアシスや町を飲み込んでしまうのか。

随分と規模の大きな話だな。

「虚無は、全長一キロ以上、口の直径が五十メートルほどもある巨大なサンドウォームです。繁殖をせず、群れでの行動もせず、一体で砂漠をウロウロしています」

そしてお腹が空《す》くと、人間はおろか、町やオアシスまで飲み込んでしまう。

これまでに多くのオアシスが壊滅したそうだ。

オアシスの水源までは吸い込まないので、すぐそのあとに他の移民者が入って生活を始めるそうだが、それにしても迷惑な砂獣であることには違いがなかった。

「なぜそれをわたしたちに言うのだ？　いくら我々でも、虚無は倒せないぞ」

「そうですよね。あれは、自己再生能力が高いと聞きますよ」

「自己再生能力？」

「そうです。いくら大きいとはいえ、サンドウォームですからね。強いハンターたちが対応すれば、倒せないはずがない。と思うのが普通ですけど……」

虚無は、どれだけダメージを受けてもすぐに回復してしまう。

武器で斬られても、魔法で凍らされても、火炎で焼き払っても。

その回復力は驚異的で、これまでどれだけ討伐を受けても倒されなかった、筋金入りの回復力を持つ砂獣だそうだ。

「対策としては、逃げるしかないですね」

いくら虚無でもオアシスで一番大切な水源まで食われることはないので、建物やインフラ、畑、などの上物は諦めて一時退避。

虚無がどこかに去ってから、オアシスに戻って復興を始める。

これが、今までに虚無の被害に遭った人たちの対策手段だそうだ。

私も、ミュウの提案どおりの方法が一番無難だと思う。

ララベルが豪快に斬り裂いても、ミュウが魔法で氷漬けにしても、虚無は死なないのだから。

私？

この私になにができるというのだ。

戦闘力でいえば、二人に圧倒的に劣るこの私が。

「駄目元でお願いできませんか？　正直、手がないのです」

「この町のハンターたちはどうなんだ？」

「当然、断られました。以前、虚無に攻撃を仕掛けた有名なハンターもいるのですが、『いくらダメージを与えても、すぐに回復してしまうので手がない』と言われてしまいまして……」

シップランドには多くの人たちが集まるので、ハンターの層もとても厚かった。

シップランドでは、ハンターたちが得た素材の売買が活発だったからだ。

そのため、王都に匹敵する層の厚さと言われているのだが、残念ながら有名なハンターは全員が虚無討伐の依頼を断ってしまったそうだ。

「このシップランドが虚無に潰《つぶ》されるのは、今はまずいのです」

あの王様が、余計な野心を抱くよな。

シップランドへの出兵を早めるかもしれない。

どうせ更地《さらち》に戻ってしまったのであれば、軍勢は屯田兵《とんでんへい》みたいな扱いで送り出せばいいのだから。

戦闘をしないで済むので、それほど大軍を送り出さないで済むメリットもある。

「ごく一部ですが、ここはバート王国の支援を仰いだらどうか。という意見もあるのですが、これも危険です」

町の中に、バート王国の軍勢を受け入れることになるからな。

内側から侵略されたら、シップランド子爵家は対応できないだろう。

「そのため、可能性がありそうな人にはみんな当たっています」

「バート王国に漏れないか？」

「もう漏れています。ここより全力で船を飛ばして、三日ほどの場所にある『トレスト』のオアシス。ここがあと一週間ほどで虚無に蹂躙《じゅうりん》されてしまいます。そこの領主もバート王国から一応男爵位を得ているのですが、状況がシップランドよりも切迫しているため、バート王国に援軍を要請するかしないかで、家中が割れて揉《も》めているとか。もしトレスト男爵家がバート王国に援軍を要請した場合、これもまずいのです」

普通に考えて、その援軍がシップランドを素通りするとは考えにくいか。

ドサクサに紛れて……というか、今から王都からバート王国軍を呼んでも間に合わないよな。

ただ、虚無に蹂躙されたオアシスの水源を占領されてしまうだけだ。

「今、言い争っても無意味なのでは？」

「バート王国軍の受け入れ賛成派は、もう諦めているのですよ。オアシスの復興も面倒という考えで、バート王国に水源を高く売り飛ばす算段なのです」

水源は残っているから、トレストのオアシスはいい軍駐屯地になるわけだ。

オアシスを売り渡す代わりに、トレスト男爵家はバート王国から貴族としての地位と収入を保証してもらう。

そして、トレストを支配下にしたバート王国はシップランドに軍事的な圧力を加えてくると。

残念ながら、すでに詰んでいるな。

「虚無をハンターが倒すことが必要なのです。王都で名を成していたララベル様とミュウ殿ならという期待がありまして……」

だから、私たちを屋敷に招待した？

いや、この当主のことだから、とっくに私の正体にも気がついているはずだ。

口に出さないのは、私の『変革者』としての力がよくわからないからであろう。

「シップランドがなくなると、独立領主たちと、形だけバート王国に臣従しているオアシスの主たちも困ります。彼らと、大商人有志に、シップランド子爵家もお金を出し、現在虚無の討伐報酬は十億ドルクまで上がっています」

十億ドルクは大金だが、虚無の討伐報酬としてはどうなのだろう？

有力なハンターたちが誰も引き受けていないということは、それでも安いと見ているか、どうせ引き受けても成功しないと思っている可能性が高かった。

「今、その討伐報酬を倍の二十億ドルクにする案も出ていまして。引き受けてもらえないかなと」

「難しい依頼だな」

「そうですね。引き受けて失敗すると……」

死ぬ可能性も高いわけで、自分の実力では手に負えない砂獣の討伐なんて、冷静なプロほど引き受けないか。

ララベルも、ミュウも、王都で名を馳《は》せたハンターなので、安請け合いはできないと思っているようだ。

「船が完成するまで、この屋敷にご滞在いただいて結構です。これは、砂糖のご恩からですから。できたら考えていただきたい」

「考えてみます」

「そうですね。なんとか倒す方法があればいいのですけど」

こうして私たちは、船が完成するまでガルシア商会当主の屋敷に滞在することになったのだが、彼は虚無という砂獣のせいでシップランド中を駆け回っていたため、三日間ほどまったく顔を合わせなかった。

それでも、主人から言い含められているであろう。

屋敷の使用人たちから丁重にお世話をされ、私たちはセレブな生活を満喫していた。

どうやら、あの白砂糖はよほど儲《もう》かるようだ。

虚無をなんとかしなければ、いくら儲けてもシップランドの町は飲み込まれてしまうのだが。

＊＊＊

「ミュウ、首を斬り落としても無駄なんだな？」

「資料によるとそうですね。王都にあった虚無に関する資料で、たまたま目を通していた程度ですが」


町の外が慌ただしくなってきた。

どうやら虚無は、予想どおりにトレスト、シップランドを目指しているようだ。

シップランドへの到達まであと一週間ほど余裕があるはずだが、すでに荷を纏《まと》めて逃げ出そうとしているハンター、船主、領民たちの姿が目につくようになった。

シップランド子爵家の屋敷でも、引っ越しの準備を始めたようだ。

きっとガルシア商会も同じであろう。

「サンドウォームの口がある先端部分は、正確には頭ではないそうですよ。つまり、斬り落としても無意味です」

「では、どこにあるんだ？　虚無の頭は」

「ないんです。そんなもの」

つまり、サンドウォームはプラナリアみたいな生物というわけか？

斬り落とされた部分も再生して数が増えたという話は聞かないので、まったく同じではないのだろうけど。

「いくつかに切り分けたとして、一番大きな部分がすぐに再生してしまうのです。再生しなかった破片はすぐに口から回収し、また栄養にしてしまいます」

つまり、虚無を斬り裂いても意味はないのか。

そもそも、話に聞いた大きさからすると、二つに斬り裂くのも非常に困難であろうが。

「氷漬けにしても死なないんだろう？」

「意味がないそうです。氷が溶ければ、すぐに動き出すとか」

暑い砂漠で虚無を氷漬けにしたとしても、その維持は非常に困難だ。

まさか氷が溶けないよう、永遠に魔法をかけ続けるわけにいかないのだから。

「火魔法で焼くのも、現実的ではないですね」

虚無の巨体を焼き尽くす魔法など物理的に困難で、表面だけ焼いてもすぐに回復してしまう。

かといって、全長一キロ超えの砂獣を短時間で焼き尽くすのも困難だ。

ましてや、ミュウの得意な魔法は水魔法だからな。

火魔法は火つけくらいしかできない。

「となると……毒かな？　砂獣だから、生き物であることに変わりはないよね？」

「ええ、砂獣は間違いなく生物です。毒ですか……毒も考えた人はいると思うのですよ」

「巨体ゆえに、沢山の毒が必要だろうな。接近して大量の毒を虚無の体内に入れるのも困難そうだ」

ララベルの言うとおりで、毒を使って虚無を倒す場合、とにかく量が必要だ。

短期間で、大量の毒が用意できるのか。

それだけ大量の毒を扱うとなると、防毒にも配慮しなければ、私たちの方が先に死んでしまう。

「難しいな」

「ですね」

「だから、ガルシア商会の当主殿は忙しいのであろうな」

なんとか虚無を倒す……のは無理だとしても、なるべく被害を少なくして逃げ出す算段が必要だからだ。

それでも、シップランドは壊滅する。

貴重な自然や畑も消えてしまうので、戻ってきてからの復興も大変であろう。

「人も沢山死ぬでしょうね」

「水か……」

グレートデザートは砂漠だらけで、水は中央海と少ない河川、オアシスからしか手に入れられない。

シップランドに住む沢山の住民たちが町から逃げ出すことに成功しても、砂漠の中で水不足で死んでしまう人も多いはずだ。

人間は、水がないと生きていけないからだ。

これだけ暑い砂漠の気候だと、大量に汗をかくのでかなり多くの水を摂取しなければならない。

しかも夜は逆に寒くなる。

防寒の備えもしないと、最悪凍え死ぬ者も出るであろう。

「虚無が粗方吸い込んだあとの水源に、何日で戻れるんだろう？」

虚無が去ったあと、どうにか水源しか残っていないシップランドに戻ったとして、なにも残っていないで被災生活に入らなければいけない。

町の再建には莫大《ばくだい》な時間がかかり、その間にも死者は増えそうだ。

この砂漠の世界は、なにも備えがない人間を容赦なく殺していくのだから。

それも、弱い人間からだ。

「シップランドに戻れるのに一週間と見て、その間に女性、子供、老人の多くは死ぬでしょうね」

水は嵩張《かさば》るので、そんなに持ち出せない。

逃げ出そうとする住民たちが一斉に水を汲《く》もうと水源に殺到したら、今度は避難が遅れてしまうであろう。

かといって、必要な水を持たずに砂漠に逃げ出したら人は確実に死ぬ。

慌てて少しレベルを上げたくらいでは、砂漠に何日も野営するのは厳しいからだ。

レベルを上げていない子供や女性、体の弱った年寄りには耐えられない人が多いであろう。

「なんとか倒せればいいのだけど」

「タロウ殿、それはなんの罪もない人たちが可哀想《かわいそう》だからか？」

「ララベルは厳しいことを聞いてくるな。勿論《もちろん》、それだけじゃないよ」

このまま新造船で逃げ出すのもアリと言えばアリだと思うし、その選択に対する批判は甘受するしかない。

今の私たちの不安定な立場では、そうすることもやむをえないからだ。

「シップランドも、私たちも、バート王国に対しては微妙な立場にいるからな」

ララベルとミュウは実質島流し状態で、しかもそのオアシスの水源が枯れたので逃げ出してきた。

あの王様からすれば、『せっかく領地を与えたのに職務怠慢だ！』と二人を処罰する口実を得られたわけだ。

シップランドは、虚無騒動のドサクサでバート王国に支配されてしまうかもしれない。

私は言うまでもない。

もし私が生きていることが王様に知られたら、暗殺者を差し向けられかねない。

「かといって、私も永遠にその正体を隠しながら生きていけるわけもない」

「いつかバレるのは必定だな」

「どんなに上手《うま》くいっても、五年後にはバレますよね」

五年後、あの王様が再び『変革者』の召喚を試みた時、私が生きていることによって召喚は失敗してしまう。

そうなった時の、あの王様の怒りは想像に難くない。

当然私は王様から狙われるので、王都南西部の公的にはバート王国領ながら、実効支配が及んでいない地域との関係が重要になるのだ。

「共に、バート王国に対抗できる仲間というわけですか」

「向こうが私たちを仲間だと思っているとまでは楽観していないけど、今のシップランドを生かしておいた方が、私たちに都合がいいわけだ」

シップランドも、バート王国の実効支配に抵抗している。

虚無騒動のドサクサでバート王国の支配下に入ると、ここを拠点に南西部の実効支配が進むかもしれない。

「できれば虚無を倒し、それを食い止めたいところだ」

「他国に逃げるという選択肢もあるがな」

「それもアリなんだけどね」

外国に逃げたら必ず安全という保証もなく、それに将来の選択肢は多い方がいい。

おっさんなりの安全策というわけだ。

「こういうのを、私のいた国では『情けは人のためならず』と言うのさ」

「それって、人に情けをかけるのはよくないって意味では？」

ミュウが、そういう風に解釈するのも無理はないか……。

「近年、私がいた国でもこの言葉の意味を誤解している人が増えたけど、この言葉の本当の意味は『人に情けをかけるのはその人のためだけではなく、やがては巡り巡って自分に返ってくる』という意味なのさ。私は善人ではないので、ただのボランティアで虚無の討伐を考えているわけではないさ」

「それを聞けて安心しましたよ」

どうやら、少し声が大きかったようだ。

私たちが滞在している部屋の中に、ガルシア商会の当主が入ってきた……とはいっても、さすがに気がついていたけど。

「やはり気がつかれていましたか。『変革者』殿」

「あなたは最初から、私の正体に気がついていたのでしょう？　ララベルとミュウの正体がすぐにわかるのだから。王都に召喚されてから一ヵ月ほど、レベル上げで砂獣退治を続けていた私の顔を調べられないわけがない」

有利に商売をするには、情報収集が大切になる。

私は顔を隠していたり変装しているわけでもないので、気がつかれて当然。

あくまでも、ガルシア商会の当主くらいの大物商人ならという条件はつくが。

王都にいた頃、ほぼ兵舎と砂獣の住む砂漠を行き来していた私の顔を知らない貴族たちというのはかなり多かったからだ。

王様は私を始末しようとしていたので、むしろ私と顔を合わせたことのない貴族の方が多かったくらいなのだから。

「随分と余裕なのですね。シップランドにバート王家からの刺客が潜んでいるとは思いませんか？」

「いてもねぇ……その人は長生きできないでしょう」

私は鈍いが、ララベルとミュウはそうはいかない。

すぐに殺されてしまうだろう。

「その前に、私が生きていることに気がついているバート王国貴族がいますか？」

「いませんね。先日話した教会経由での情報から、王自身が確信しているのですから」

可哀想に。

教会の口座に入っていた金をイードルクに変換したのが功を奏したわけだ。

もっとも、教会としては突然私の口座が消えてしまったので、これは教会の銀行システムに重大な欠陥でもあるのではないかと戦々恐々としている……だから教会も、私の口座が突然消えた不祥事を隠そうと必死なのか。

なら、余計にバート王国が気がつくわけがないな。

「ですが、いつかはバレる」

「外国に逃げるという手もあります」

「そう判断を急ぐ必要はないのでは？　ちょっと条件が変わりました。突然虚無の侵攻速度が上がり、明日にもトレストが虚無に襲われます」

虚無がどれだけの速度で動くのか。

サンドウォームは、砂の海を泳いで移動すると言われているので意外と速く動ける。

巨体である虚無が普通のサンドウォームほど速く移動できるとは思わないが、その気になれば高速移動も可能ということなのであろうか？

「トレスト男爵家はどうするのです？」

「救援は間に合わないでしょう。　バート王国に支援を要請するかしないかの不毛な議論で時間を潰しすぎました。我々の援軍も間に合わず、急ぎこちらに逃げてくるそうです」

私の問いに答えるガルシア商会の当主の顔を見ると、不機嫌さを隠そうともしていなかった。

虚無に対してろくな対策も取らず、ただ不毛な言い争いで時間を使ってしまい、挙句に故郷であるはずのオアシスを守る努力もせず逃げ出してくる。

ガルシア商会はシップランド子爵家に繋がる者なので、トレスト男爵家のいい加減さに怒っているのだと思う。

「受け入れるしかないですが、トレスト男爵家は平民に落ちる。なにか特別扱いを求めた時点で追放します」

「トレスト男爵家はどうでもいいですけど、領民たちを全員受け入れて大丈夫ですか？」

「なにもなければ大丈夫です」

元々、シップランドは貿易で食料を輸入しなければ生きていけない。

それでも貿易中継地点として栄えているので、人口が多少増えても食わせられないわけではないのか。

ただ、トレストで生活していた頃の生活水準と同等の暮らしができるかどうかは怪しいところだな。

砂漠で乾き死ぬよりはマシなのであろうが。

そして、彼らにその生活を強いることになる原因は、いい加減な統治者トレスト男爵家というわけだ。

「オアシスの統治者に無能はいらないのです。無能を上に置けば、民は砂漠で乾き死ぬのみなのですから」

バート王国のように、王様は微妙でも、これまでに築き上げた統治機構や遺産のおかげで潰れずにいるところもあるけど。

小さいオアシスほど、無能な統治者は許されないわけか。

「トレストのオアシス。いりませんか？」

「いらないですね」

変に拠点などない方が、私たちは快適な暮らしができるからな。

シップランドの隣というのもよくない。

シップランドは貿易中継地点のため、バート王国の影響力が強すぎるのだ。

「もっと南西に逃げるということでしょうか？　しかしながら、今逃げると将来シップランドがバート王国の影響下に入ってしまう。そうなれば、あの王様は南西部の未把握地帯に手を出してくるでしょう。そうなれば、今逃げても同じことです」

「つまり、シップランドを前線に、バート王国に抵抗するわけですか？」

「手を貸していただきたい。ララベル様とミュウ殿が王より与えられたオアシスは、水源が枯れてしまったため放棄した。これは、領地を放棄した正当な理由になります。ララベル様が新しいトレスト伯爵になればいいのです」

「あの兄が首を縦に振るかな？」

その力を恐れて島流しにした妹が、シップランドの隣にあるオアシスの新しい領主になる。

あの王様だと認めないかもしれない。

「間違いなく認めると思います」

「当主殿、確信があるんですね」

「これまでの話を聞くに、あの王様は変に外の目を気にする人ですからね」

そういえば、私のこともわざわざ一ヵ月レベルアップさせ、ウォーターシティーに向かう途中の船で謀殺しようとした。

手間をかけたくなければ、召還されたその日のうちに暗殺してしまえばよかったのだから。

ララベルとミュウも同じだ。

サンドウォームの巣に囲まれているとはいえ、ちゃんとしたオアシスを与えた。

水源が枯れた件については、誰にもわからないことなので予想外のはず。

この二人も、将来自分の脅威になると思うのなら、謀殺してしまえばよかったはずだ。

「彼の言う、新しい強力な統治体制とやらがいまいち中途半端なのは、どこか他人の目を気にするからでしょう。幼少の頃のトラウマかもしれませんね」

「大兄様はとても優れた方で、父王にも家臣たちからも愛されていた。兄も別に無能というわけではなく、優秀な方だと思うが、大兄様に比べるとな。それでよく、父や家臣たちに認めてもらおうと色々やっていたな」

あの王様の根底には、亡くなった父親や、急死した兄を支持する家臣たちに認められたいという感情が根強くあるのか。

だから、自分の評価を下げることはしたくない。

『変革者』の暗殺は、怪しまれるので王都内ではやらなかった。

同様にララベルとミュウも、貴族として領地を与える名目での追放に留《とど》めたのか。

「だから、水源のみとなったトレストの新領主がララベル様でも問題ないわけです」

「どうせ虚無のせいで、トレストには水源しか残りませんからね。シップランドがバート王国の手に落ちれば監視も容易《たやす》い」

「と考えるはずです。というわけで、虚無の討伐を引き受けていただけませんか？」

「本当に駄目元ですよ。命を落としてまで戦わないですし、そうなったら逃げるかもしれません」

「構いません」

いよいよ切羽詰まって、打てる手はすべて打っておくという感じか。

トレストの避難民を受け入れつつ、間もなくシップランドに迫る虚無に対抗するか、トレストの避難民たちも連れて逃げる。

壊滅したシップランドを再建しつつ、バート王国のシップランド実効支配にも対抗しなければならない。

まず無理だな。

「正直に言いますと、私たちだってシップランドが救えると思うのなら、あなた方を裏切ってあの王様に差し出すことだってあり得るのです。卑怯《ひきょう》と思われるかもしれませんが、これもシップランドを守るため。シップランド子爵家とガルシア商会を二つに分けたのもそういう理由からなのですから」

「「当主殿？」」

「二人とも、落ち着いて」

ガルシア商会の当主の話を聞き、ララベルは剣に手をかけ、ミュウもすぐさま魔法を唱えられるよう準備を始めたので、私は二人を止めた。

「あなたは商人なのに正直ですね。普通は思っていても言わないですし、言ったら裏切りの成功率が下がりますよ」

「虚無に勝てるのであれば」

「私は、バート王国の王様から出来損ないの『変革者』だと評価され、処分されかけたのですが」

「私は商人なので、多少は人を見る目はあります。少なくとも、あの王を名乗る若造よりはね」

「試してみる価値がある策はあります。駄目元と思っていてください」

「お願いします。シップランドを救ってください」

こうして私はガルシア商会の当主から、巨大なサンドウォーム『虚無』の討伐依頼を引き受けたのであった。

＊＊＊

「タロウ殿が頼んでいた小型船だが、予定よりも二日も早く仕上がっていた。ガルシア商会の当主は、わたしたちが依頼を引き受けると確信していたのかな？」

「かもしれない。けど、本当に駄目元だと思っていたのかもしれない。後世の人たちはどっちだと思うのかな？」

「タロウさん、この船は小型ながらいい出来ですね。しかも、無料なのもいいです」

「これも報酬のうちってことか……」

すでにトレストのオアシスを完全に破壊したと思われる巨大なサンドウォーム『虚無』は、確実にシップランドを目指しているとの報告が入ってきた。

私たちは虚無を倒すため、予定よりも早く完成した小型船で南西方向へと向かう。

トレストのオアシスを破壊した虚無との接触を図るためだ。

「ボチボチと難民が確認できます」

「小型船と、普通の領民たちばかりだな」

虚無に襲われる前に、とりあえず船に乗って逃げてきたという感じの領民たちが乗る船と多数出くわしたが、大半の人たちが着の身着のままで逃げ出してきたようで、彼らの受け入れでシップランドはこれから大変であろう。

「虚無は侵攻速度を速めたようだな。トレスト男爵家と諸侯軍は抵抗しているのかな？　ハンターも見えないな」

「かもしれない。ただ、感心はできないな」

「無謀すぎるか」

「それもあるが、早めに虚無を迎え撃つ策を考え、トレストにいるハンター有志にも協力してもらい、シップランドからも応援を呼ぶ。それができていれば抵抗してもよかったが、この状況なら一時シップランドに逃げ、シップランド近郊で協力して迎撃した方が勝率も高かったはず」

なるほど、ララベルが凄腕のハンターで剣士でもあることは知っていたが、軍事にも詳しいとは思わなかった。

間に合わない覚悟になどに意味はなく、それなら次の戦いに備えるため逃げる選択も必要となる。

それが理解できる彼女は、とても優れた指揮官になれるはずだ。

だからあの王様がララベルを嫌い、貴族たちをけしかけてドブスだとバカにしたのであろう。

彼女が戦場で指揮を執った方が、あの王様よりも軍が生き残れそうだからな。

なにしろ『剣聖』だからな、戦の勝率については言うまでもないであろう。

「それだと、トレスト男爵家は永遠にシップランド子爵家に頭が上がりません。オアシスの主はプライドが高いので」

形だけバート王国に臣従していても、実質小国の王みたいなものだからな。

臣従すらしていないオアシスの主やその一族など、もっと独立心が旺盛であろう。

「その独立心の高さが、今回は仇《あだ》となったか」

「虚無は有名な砂獣で、倒せば多額の討伐報酬を受けられるのは確実です。ハンターにも功名心に逸《はや》る者は多いので、彼らが強く討伐参加を望み、トレスト男爵家も『これはいけるかもしれない』と勘違いしたのかも」

「無理だろう」

本当に腕のいいハンターほど、自分の実力を客観的に判断できる。

トレスト男爵家に同調したハンターたちは、あきらかに実力不足のはずだ。

現にガルシアの商会の主は、全員に断られたと言っていた。

彼が、虚無を倒せそうにない弱いハンターに依頼を出すわけがないのだから。

「オアシスの主だからといって、常に正しい判断をするわけではありませんからね。そうでなくても、バート王国からの援軍を呼び寄せるかどうか、言い争っていた一族や家臣たちを抑えられなかったでしょう？」

会社でもそうだが、トップの選択ミスはその会社の致命傷になることが多いからな。

トレスト男爵家も、同じ結末を選んでしまったわけだ。

「まずは、虚無の居場所を探そう」

「そうだな。それがわからないことにはなにもできない」

「トレストのオアシスにいますかね？」


船を飛ばして二日後。

虚無は、トレストのオアシスから数十キロ北東、思ったよりもシップランドに近い位置にいた。

それと避難民だが、やはりトレスト男爵家及びその軍勢、ハンターたちの姿は見かけなかった。

虚無に挑んで食べられてしまったと見た方がいいだろう。

「それにしても、デカイなぁ」

「これでは、小さなオアシスの町などひとたまりもないだろうな」

「タロウさん、倒せるあてはあるんですよね？」

砂漠をゆっくりと進む虚無は、普通のサンドウォームとは違って砂に潜っていなかった。

自分を倒せる者などいないとばかりに、己の姿を誇示しているようだ。

「わたしが輪切りにするか？」

「ララベル様、すぐに回復してしまうので無意味ですよ」

「では、ミュウの水魔法は？」

「あの巨体だと完全に氷漬けにするのは無理ですよ。氷が溶ければすぐに復活してしまいます。その前にあの巨体ですからね。表面を凍らせたくらいではすぐに氷を壊してしまうかもしれません」

「では、私の出番かな。まずはこれを着てくれ」

私は、事前に『ネットショッピング』で購入しておいた防護服とマスクを『異次元倉庫』から取り出し、二人に装着するように命じた。

「暑いな」

「しかし、見えない気体で呼吸困難になって死ぬよりはマシだろう？」

「毒ですか？　ですがあの巨体です。大量の毒を全身に回らせるのは難しいでしょう」

当然この世界にも毒はあるが、あの巨体を殺せる量の毒を用意するのは難しいのかもしれない。

もしくは、毒が効かない可能性もあった。

誰かが試していないわけがないという推論からだが。

「これも毒の一種だけど、この世界だと自然界で生成されているかどうかわからないな」

三人とも防護服を着て防毒マスクをしたのは、これから発生する毒ガスで自分たちがやられないようにするためだ。

「これから取り出す液体入りの容器を、虚無のバカデカイ口に中に放り込んでくれ」

「了解した」

「自分もやります。腕力だけでは無理ですけど、魔法で飛ばせばコントロールはいいですよ」

「私もやる。とにかく、大量に口の中に放り込んでくれ」

私は、やはり事前に大量購入しておいた『業務用の塩素系漂白剤』と『業務用の酸性洗剤』の大きな容器を大量に『異次元倉庫』から取り出した。

ミュウが小型船を操作し、虚無の巨大な口の前につける。

やはりサンドウォームなだけあって、虚無の口からはネットリとしたヨダレが垂れていて、その内側も粘膜で覆われているのが確認できた。

私は、この作戦の成功を九割方確信した。

「全部投げ入れろ！　作戦名は『混ぜるな危険！』だ！」

斬っても、魔法で焼いても貫いても、すぐ回復してしまう生物をどう殺すのか？

毒が一番有効だと思われるが、なにしろ虚無は大きい。

致死量の計算も難しく、虚無を殺せるだけの毒を用意するのも難しい。

そこで、昔に誤って死者を出したこともある、塩素系漂白剤と酸性洗剤を混ぜて猛毒である塩素ガスを発生させる作戦を実行したわけだ。

サンドウォームの口の中が粘膜質なのもよかった。

塩素ガスと粘膜に含まれる水分が反応し、塩酸や次亜塩素酸が生成されて呼吸困難に陥るからだ。

いくら無限の回復力を誇る虚無といえど、生物には変わりないので、呼吸を妨害されれば窒息して死んでしまうはず。

私はこの可能性にかけ、『ネットショッピング』で大量に購入した塩素系漂白剤と酸性洗剤を虚無の口に中に次々と放り込む作戦を立案したのだ。

虚無の体内で二つを混じらせるので、発生した塩素ガスが拡散せず効果が薄れないのと、外にいる私たちに影響が少ないのもよかった。

「虚無、随分と食いしん坊だな。胃液は多い方か？」

人間もそうだが、生物の消化液には塩酸が入っていることが多い。

この塩酸も塩素と反応して大量の塩素ガスを発生させ、サンドウォームの呼吸器や気管支、消化器官などを焼いていく。

自慢の回復能力ですぐ回復しても、すぐにまた塩素ガスで粘膜が焼かれていく。

呼吸も困難になり、これでは虚無でも窒息してしまうはずだ。

「タロウ殿、まだ投げ込むのか？」

「失敗できないから、念入りにやらないと」

「余らせても使い道ありませんよね」

「ミュウの言うとおりだ」

それに、塩素系漂白剤と酸性洗剤はそんなに高いものではないからな。

コスパのいい業務用を購入しているので、三人の掃除や洗濯に使うにしても多すぎる。

もし必要なら、家庭用の小さいものを購入すればいいのだから。

「全部投げ入れてしまいましょう」

「確かに、この巨体だからしぶとそうだからな」

「中途半端はよくないですよ」

私が全部を口の中に投げ入れろと命じると、ララベルはひょいひょいと洗剤と漂白剤の入った容器を虚無の口の中に入れていく。

ミュウも、魔法で容器をコントロールよく飛ばして口に中に放り込んでいった。

私もやっているが、やはり二人には敵《かな》わないようだ。

コントロールを重視すると、どうしても作業が遅れてしまうのだ。

一人だったら、虚無に反撃されていたかもしれないな。

「タロウさん、容器ごとでいいのですか？」

サンセー
センザイ
エンソ・K
ヒョウハクザイ

「虚無は健啖《けんたん》だからな」

容器など、すぐに強力な胃液で溶かしてしまうはずだ。

それに、口の入り口で二つの液体が混じるよりも、お腹の中で混じって反応した方が効果絶大であろうからだ。

「もうそろそろかな？」

数百個の大きなポリ容器に入った二つの液体をすべて飲み込んだ虚無であったが、数分ほどで突然苦しみだした。

どうやら、体内で塩素ガスが大量発生したようだ。

「ミュウ、暴れる虚無に巻き込まれる前に退避だ」

「了解です。うわぁ、もの凄く苦しそうですね」

「そうか！　まさか、焼け爛《ただ》れ続ける体の内側を切除して回復はできないからな」

「そういうことですか。タロウさん、凄いアイデアですね」

無事有毒ガスが発生したので、かえって虚無に刃物で攻撃をしない方がいいだろう。

そんなことをするまでもなく、暫《しばら》く暴れていた虚無は突然砂漠に倒れ伏し、最後の抵抗とばかり、その巨大な尻尾で地面を叩《たた》き続ける。

まるで、苦しさを紛らわしているかのようだ。

そして最後に、虚無は体をピクピクさせてから完全に動かなくなった。

「倒したか？」

「あっ！　消えた！」

「死んだな」

私及び私が入ったパーティが砂獣を倒すと消えてしまうので、虚無はちゃんと討伐されたことが確認できた。

やはり、体内にあった洗剤や毒ガスも消えてしまったようだ。

いつ見ても不思議な光景だな。

「やったな」

「タロウ殿、見事な策だな」

「そうですよ。初めての毒を見事に使いこなしましたしね」

日本でやったら確実に叱《しか》られるのだけど、ここは別の世界で致し方ない状況だったので不可抗力だと思うことにした。

それに、これまでいくつものオアシスを飲み込んできた砂獣なので、どんな方法を用いても、倒した方がこの世のためというものだ。

「賞金とオアシスゲットか」

「虚無の討伐で手に入ったイードルクも楽しみだな」

「自分たちの場合、そっちの方が嬉《うれ》しいかもですね」

こうして私たちは、悪名高い砂獣『虚無』の討伐に無事成功したのであった。

第十一話　新たなる旅立ち

「虚無は、大きくても砂獣《さじゅう》なんだな」

「タロウ殿、急にどうしたのだ？」

「私及び、私が所属するパーティにおいて砂獣を倒すと消えてしまう。虚無も消えたということは砂獣なんだなって」

「あのような砂獣はそうはいないが、まったくいないわけではない。世界中に名付きの砂獣が存在しているからな」

「なかなか倒せないですけどね。虚無だって、タロウさんの策がなければ倒せませんでしたよ」

「二人が手伝ってくれなければ、私一人だとすべての容器を虚無の口に投げ入れられなかったはずだ」

「いや、我らの場合、優秀なハンターなら代わりは務まる。やはり、タロウ殿は『変革者』なのだな」

「ちょっと特技が特殊だけどね」

「しかし、考えようによっては戦闘力に優れた『変革者』などよりもよほど貴重な存在なのでは？」

「それが判明するまで、タロウさんを傍《そば》に置けなかった陛下の失策でしょうね。判明しても、その価値が理解できない可能性もありますけど」

「兄もそこまで愚かではないと思いたい。大兄様が優れすぎていたので目立たないが、兄も無能というわけではないのだから」

「でも、私はあの陛下のもとで働くのは嫌だな。ララベルとミュウと一緒にいた方がいい。いくら若くてイケメンでもね。男は綺麗《きれい》な女性の方がいいと思ってしまう単純な生き物なんだよ」

「タロウ殿……わたしとミュウは……」

「だから、私の美醜の判断基準はこの世界のそれとはまったく反対なんだ。王様に喜ばれ、褒美の宴《うたげ》で美女が出てきても喜べないのさ。さて、報告に行こうか？」

「その前に、虚無を倒したら、イードルクはいかほど増えましたか？」

「ええと……げっ！　なにこれ？」


虚無の討伐に成功し、私たちは報告のためシップランドに戻ることにした。

証拠に虚無の遺体があればいいのだが、倒すと完全に消えてしまうのが、私の特技の難点だな。

死体を放置していたら、他の砂獣に食われてしまったというシナリオでいいだろう。

もし向こうが信じてくれなくても、それは仕方がないのかなと。

そう思えるくらい、虚無の討伐報酬は凄《すご》かった。

「現在の残高、２０１５億４５６３万２０イードルクなり」

「名付きだから報酬が多いってことかな？　ミュウは知らないか？」

「名付きの討伐で得られる報酬が多いのは事実です。名付きに成り立ての、あのサンドスコーピオンでも1億ドルク以上でしたから。ですが多すぎですよ。かなり巨大化した砂大トカゲを討伐した際に得られた報酬は5億ドルクくらいだったそうです。砂大トカゲの名付きは、素材はそれほどお金にならないというのもありますけどね。素材がお金になりにくいのは、サンドウォームの名付きも同じなので、ちょっと多すぎだと思います」

虚無一匹の討伐報酬が、２０００億イードルク以上なのは本来あり得ないわけか。

「私の特技のせいとか？」

「それよりも、サンドウォームの特性のせいだと思います」

ミュウによると、サンドウォームは非常に悪食で、その体内に消化しきれていないものが多数残されてしまうことが多いという。

「トレストや、その他にもオアシスを襲っているはずなので、そこで呑《の》み込んでしまった様々なものの売却代金も含まれている可能性が高いです」

そういえば虚無は、私たちと戦う前にトレスト男爵家の軍勢やハンター有志などと戦っている。

トレスト男爵家がオアシスを出る時に持ち出していた貴金属類や、ハンターの装備などが虚無の体内に残されていて、それもイードルク化してしまったわけか。

「それなら納得できるか。トレスト男爵家から返せと言われるかもしれないけど」

「大丈夫だと思いますよ。砂獣から出た利益はそれを倒した者に属する。これがこの世界のルールですから」

例えば、誰かの宝石が砂獣に襲われた時に呑み込まれたとして、それを所有する権利は、その砂獣を倒した者に属するわけか。

砂獣に宝石を奪われてしまった本人やその家族には権利がないと。

砂獣に襲われて宝石を呑み込まれてしまった時点で、宝石の所有者本人が生きているわけがなく、基本的に砂獣は宝石などの消化ができず栄養にならないものは排出してしまう。

トレスト男爵家の家族たちは、虚無が宝石類を排出したであろうオアシス周辺の砂漠を探すしかないわけか。

今回の場合、イードルク化してしまったので絶対に見つからないわけだが。

「死骸がないのも、砂大トカゲやサンドウォームに食われてしまったことにすればいいか」

「あれだけの巨大な死体なので、すぐに周囲の砂獣たちが集まって掃除してしまうのが普通です。これからシップランドに報告に戻り、シップランド子爵家の者たちが虚無の死体を捜してもなにも見つかりませんよ」

そういえば不思議に思っていたことがある。

どうして砂漠には、こんなにも砂ばかりしかないのか。

定期的に人、町、船などが砂獣に襲われているのだから、もっと残骸等が残っていてもいいのではないかと。

その答えは単純であった。

砂獣は金属、宝石、神貨《しんか》などを除き、どんなものでも食べ尽くして、跡形もなく消化してしまうのだそうだ。

「大きな砂獣の糞《ふん》は、小さな砂獣の餌になります。最後は虫のような大きさの砂獣が砂にしてしまうのです」

「全部砂に？」

「この世界が、砂漠だらけな原因ですね」

「砂漠化かぁ……」

砂獣が活発に活動すればするほど、この世界は砂漠で埋め尽くされていくのか。

『変革者』が召喚され続ける理由がわかったような気がしてきた。

「二千年前は、もうちょっと砂漠以外の領域も多かったそうです。一割ほど減少して砂漠化してしまったという研究者の報告を見たことがあります。オアシスの数は、どこかが枯れても、どこかからまた新しいのが湧いてくる状態なので、現状維持だそうですが」

「あの王様が変に焦る理由には、これもあるのかな？　とにかくシップランドに戻ろう」

いつもどおり虚無の素材と神貨は入手できなかったが、『ネットショッピング』で買い物し放題できるイードルクが沢山手に入ったのでよしとしよう。

私たちは虚無討伐の報告をするため、急ぎ船をシップランドへと向かわせるのであった。


「念のため確認させていただきましたが、やはり虚無の姿を確認できませんでした。あなた方が虚無を討伐したことを認めます」

「それはよかった」

この世界では、私の特技がかえってデメリットを生んでしまうこともあるようだ。

虚無を討伐してシップランドに戻ったのはいいが、虚無の死骸がないので討伐成功を疑った人たちがいた。

彼らの言い分も間違ってはいない。

死骸の一部でも持ち帰ればいいという極めてまっとうな理由からだが、私たちが砂獣を倒すと消えてしまうので仕方がないのだ。

かといって私の特技を教えるわけにいかず。

ガルシア商会の当主は信用してくれたが、納得できない人たちに証拠を示すため、トレストとシップランドの間に偵察部隊を送って確認する羽目になっていた。

あれほど巨大な砂獣が姿を隠せるわけもなく、捜して見つからなければ虚無が討伐された証拠となるというわけだ。

実はそれでも証拠としては弱いのだが、要は虚無にオアシスが襲われなければいいわけで、そんな事情もあって私たちはあれから一週間ほどシップランドに逗留《とうりゅう》し、外で砂獣を倒しながら生活していた。

「報酬をお支払いいたしましょう」

「よろしいのですか？　死骸がないので反発する人もいるのでは？」

「シップランドが虚無に襲われなければ問題になりませんから。変革者殿、貴殿は虚無を倒したと確信しているが、なんらかの理由で虚無の死体は残らなかった。違いますか？」

「……」

さすがは大商会の主《あるじ》。

鋭いな。

私は沈黙したままだったが、これはまずかったかも。

向こうは、私がそれを事実だと認めたから無言になった。もし違えば反論するはず。

という風に捉えたかもしれないからだ。

「それと、水源のみとなったトレストですが……」

「どうぞ、差し上げます。考えてみたのですが……我々には変に拠点などない方がいいと思いましてね」

トレストに根を張ると、バート王国とシップランドとの争いに巻き込まれるかもしれないからだ。どうせいつか私の生存はバレるだろうが、その時にバート王国が狙うシップランドの近くにはいない方が安全だろう。

それに、貴族は性に合わない。

私は生まれた時から庶民だからだ。

「シップランドの領地に編入すればいいと思います。逃げてきた領民たちを再入植させて開発すればいいですし、もしバート王国がシップランドに侵攻してきた時、一つでも避難地があれば安心というもの」

「……ララベル様、トレストの領主にはなっていただけませんか？　ミュウ殿、トレストのお抱え魔法使いになれますぞ」

「わたしは兄のせいで半ば追放された身だが、タロウ殿と出会ってからはこの生活の方が素晴らしいと思えるようになった。こんなブサイクな領主など、領民たちも嫌がるであろうしな」

「そうですね。島流しにされたオアシスが枯れた瞬間、バート王国王女とバート王国貴族令嬢の自分たちは死んだのです。タロウさんといれば、自分たちは心無い悪口で嫌な思いをしなくても済みます。三人で気儘《きまま》にあちこちを旅しながら砂獣を討伐してまわるのもいいでしょうし、貿易をしてみるのもいいでしょう」

「ガルシア商会の当主殿。わたしたちにはもう、王女と貴族令嬢の身分などいらないのだ。いや、むしろもう邪魔なのだ」

「もう他人に責任を持つのは嫌なのです。三人で気儘に生きていきます。とはいえ、将来はどうなるかわからないですけどね」

ララベルとミュウも、私と同意見のようだ。

水源しかないオアシスなど、開発の手間を考えたら貰《もら》う意味などない。

ガルシア商会の当主は、ララベルとミュウの生まれからオアシスに価値を感じると思っていたようだが、私たちにそんなものはかえって重荷になる。

「私たちが残ると、あの王様のことです、シップランド侵攻の口実にされかねません。私たちはいない方がいいでしょう」

「わかりました……。ところで貿易の件ですけど……」

「定期的にいい品をお持ちしましょう」

「それは結構ですな。では、よい旅路を」

私とガルシア商会の当主は握手を交わし、虚無討伐の報酬を受け取ってからシップランドを離れることとなった。


……のだが。

「あれ？　中型船ですか？」

「ちょうどいい新造の船がありましてね。この船は最新型の魔力動力搭載なので、一人でも操船できるのですよ。魔力消費量は少し増えますが、お三人の魔力量なら問題ありません」

ガルシア商会の当主が、虚無討伐に使った小型船ではなく、新型の動力を搭載した中型船を用意してくれたのだ。

「このくらいの船の方が、旅をするのなら便利ですよ」

「これは申し訳ない」

「白砂糖のような荷を持ち込んでくれれば、一回で元を取れますからな」

将来の取引に備えての投資というわけか。

さすが、大商会の当主は大商いに必要な出費を惜しまないな。

「お三人は、船乗りとしては経験不足。暫《しばら》くは、あまり遠くに行かない方がよろしいかと」

「まずは近場で、操船の経験を積むというわけですか」

「ミュウ殿の仰《おつしや》るとおりです。トレストから、さらに西に船で一週間ほど。この世界で一番古いオアシスと言われている……いや、本当かどうかは知りませんけどね。砂漠化を逃れた古代遺産の発掘が盛んで、さらにダンジョンもあるそうです」

「ダンジョンですか……」

モンスターが沢山いて、お宝もあるというやつであろうか？

私が子供の頃に遊んだテレビゲームみたいに。

「そのオアシスは『オールドタウン』と呼ばれていまして、当然バート王国には臣従どころか、挨拶の使者すら送っていません。勝手に領地をバート王国領ということにされているので、かなり警戒、敵視しているのです」

シップランド、オールドタウンと。

この近辺だけでも二つの都市国家レベルのオアシスが、バート王国の支配力強化に抵抗しているのか。

あの王様の言う『バート王国の支配権強化』は、大分難しい政策のようだ。

「トレストとオールドタウンの間にも一つ小さなオアシスがありますけど、あとの詳しいオアシスの位置などはこの地図をどうぞ」

さすがというか、ガルシア商会の当主はバート王国全域の地図を所持していた。

多分、取引をしている船主たちなどから話を聞き、この地図を作成したのであろう。

なお、バート王国は自分の領地のはずなのに、シップランド以西の地図を半分ほどしか作成していなかった。

自領と自称する土地の半分しか把握していない時点で、バート王国の領内統一がいかに難事なのかわかるというものだ。

ただ一つだけ弁護させてもらうと、他の国も実は似たようなものだとシュタイン男爵から聞いていた。

砂漠の世界をすべて把握するのは難しいというわけだ。

「貴重なものを申し訳ない」

「変革者殿は、この地図のありがたさを理解できていますね」

「当たり前だと思いますけど……」

特に、国家に所属する者は余計にであろう。

さらに言えば、軍事関係者などは喉から手が出るほど欲しいだろう。

というか、もし王様がそれが理解できていないのに領内の統一を目指そうとしているのであれば、もう笑うしかない。

「さすがにあの王様は理解していますよ。王族と貴族の中に理解できていない人たちが一定数いるだけで」

「それはまずいのではないか？」

「普通に考えればララベル様の仰るとおりですし、そういう教育を受けられるのが貴族なんですがね……」

高度な教育を受けていても、どうしても落ちこぼれる人はいるからな。

なぜかそういう人でも身分に相応した地位に就いてしまうので、その組織がおかしくなることは珍しくないのだけど。

「こういうものは、価値がわかる人だけが利用すればいいのですよ。では、よい旅を」

「すまない、世話になった」

「いい品を仕入れてきますよ」

「トレストの復興、大変そうですが、よろしくお願いしますね」

私たちは、新しい中型船で南西を目指した。

そこはバート王国領内とされながら、まったくその支配を受け入れていない独立領主たちがひしめく地域だという。

そこならバート王国にも見つからず楽しく暮らせるであろうと、私たちは希望に胸を膨らませながら船を走らせるのであった。

私たちの旅は、これからが本番なのだ。

キャラクターデザイン

Character Design

Character Design

加藤太郎 (カトウ タロウ)

●配給装備

●部屋着

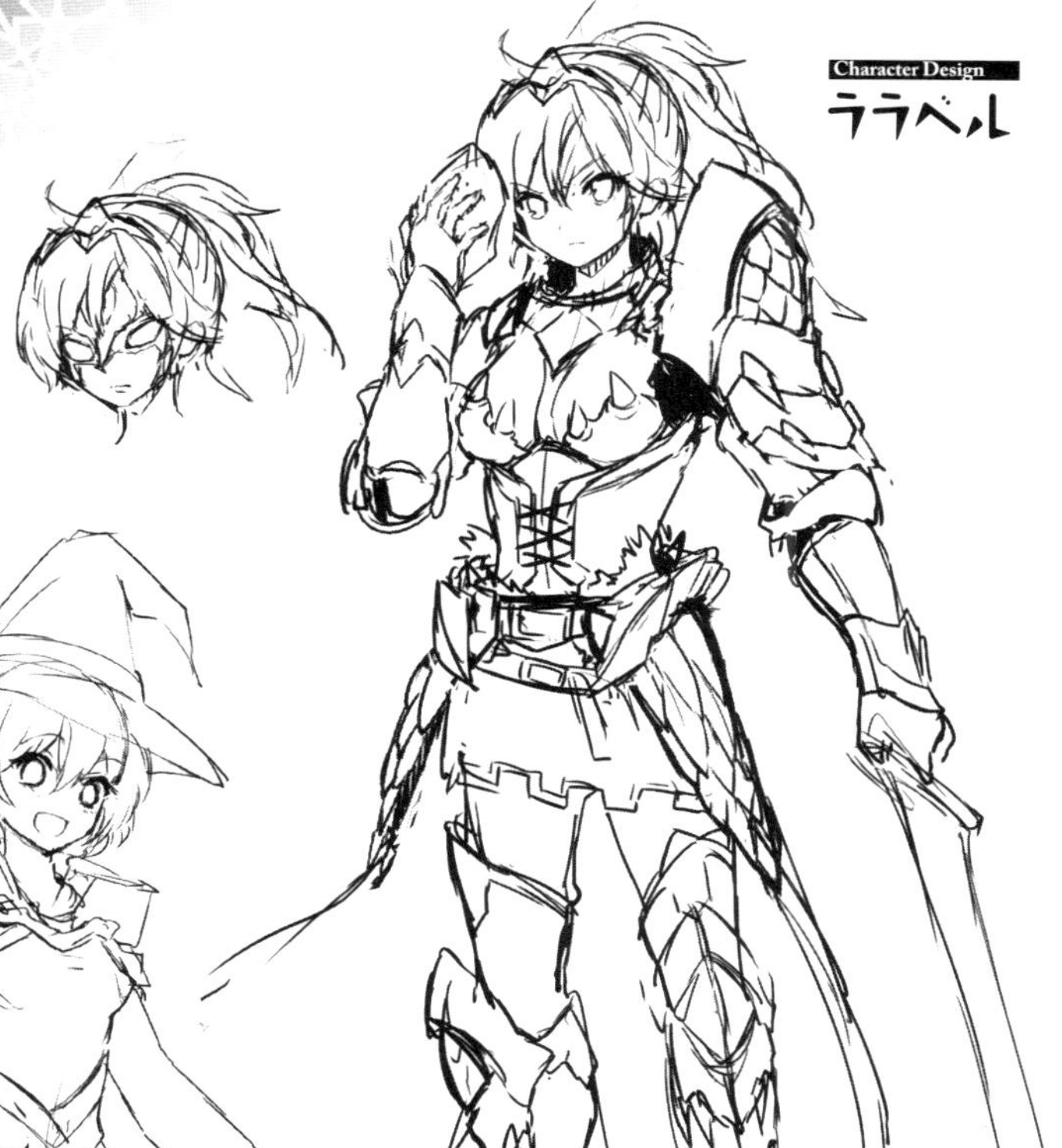

Character Design
ララベル

Character Design
ミュウ

MFブックス

砂漠だらけの世界で、おっさんが電子マネーで無双する 1

2020年8月25日　初版第一刷発行

著者　Y.A
発行者　青柳昌行
発行　株式会社KADOKAWA
〒102-8177　東京都千代田区富士見2-13-3
0570-002-301（ナビダイヤル）
印刷・製本　株式会社廣済堂
ISBN 978-4-04-064654-1 C0093

企画　株式会社フロンティアワークス
担当編集　小寺盛巳 / 平山雅史（株式会社フロンティアワークス）
ブックデザイン　株式会社 TRAP（岡 洋介）
デザインフォーマット　ragtime
イラスト　ダイエクスト

本シリーズは「小説家になろう」（https://syosetu.com/）初出の作品を加筆の上書籍化したものです。

ファンレター、作品のご感想をお待ちしています

宛先
〒102-0071　東京都千代田区富士見2-13-12
株式会社 KADOKAWA　MFブックス編集部気付
「Y.A先生」係「ダイエクスト先生」係

二次元コードまたはURLをご利用の上
右記のパスワードを入力してアンケートにご協力ください。

https://kdq.jp/mfb
パスワード
75af2

● PC・スマートフォンにも対応しております（一部対応していない機種もございます）。
●お答えいただいた方全員に、作者が書き下ろした「こぼれ話」をプレゼント!
●サイトにアクセスする際や、登録・メール送信時にかかる通信費はご負担ください。

MFブックス
MFブックス新シリーズ発売中!!
引きこもり賢者、一念発起のスローライフ
聖竜の力でらくらく魔境開拓!
[著者] みなかみしょう
[イラスト] riritto
436年間、聖竜の眷属として
過酷な魔境で過ごしてきた賢者アルマス。
彼は生活改善のため、
追放された少女領主サンドラと
領地開拓を始めることを決心する。
地形すら変える規格外の力で、
めざせ快適な魔境暮らし!
のんびり、ゆったり、
魔境《いなか》暮らし